文・三聯幫牟中三 ◇ 圖・力奇

目錄　Contents

登場人物　Characters

永洋克

本書主角之一，名校聖羅莎書院高中部的不良少年，傳聞說他是黑幫少主、四處惹禍的災星。

端木皓

另一主角，永洋克的同班同學，長相俊雅但不苟言笑的風紀隊長，十項全能的完美天才學生。

唐橋義信

從京都來的交流生，瘦削纖弱，講話彬彬有禮。端木皓直覺此人有古怪。

薄野菱

擅長社交的活潑男生，是班裡除了端木皓外，唯一敢和永洋克傾談的人。永洋克叫他「社交仔」。

詹子仁

人緣甚佳的好學生；家中開道場。永洋克打趣喚他「家暴仔」。

人類對世界的認知遠不如我們想像的深，不論是海洋、陸地還是天空，我們所不知道的事情實在太多。

抬頭望天，大氣的厚度已遠超想像。現時民航機飛行高度約為一萬二千米，著名的 F-22 戰鬥機則在兩萬米，中間層的高度在五萬至八萬米，即使是世人認知的穿梭機、人造衛星，其實遊歷範圍都仍在大氣層之內。

因此，在人類看不見的地方，未知的生命儼然是另一個完整的世界。

在天空離地面六萬多米之處，兩道光正以肉眼難測的高速激烈碰撞，金黃色與曜黑色的閃光如流星般劃破長空，又如雙龍廝殺，拖著電光般的尾巴互相糾纏。

世界的進程由一代代短暫的生命歷劫前行，世代更替是必然且無可避免，每當到了敲響鐘聲的時候，命運的巨輪便會再次轉動。

最後一次撞擊，空中雲層四散，兩道光芒同時墜落人間。

平衡被打破，每一個角落都能感受到靈量的波動，三界支柱再度缺陷。

外得到
就順便
吧

放學時竟
三界之
保衛校

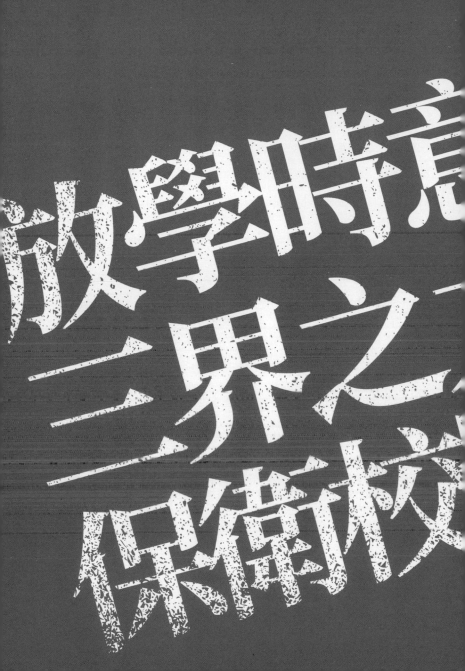

繁華的都市中，每天的早上與黃昏都可見人流如潮漲潮退，越過死氣沉沉的大人們，學生從車站裡急促湧出，還有十分鐘便是鐘聲響起的時候。步伐與時間競賽，最後一段通往學校的山路，是每天考驗學生腳力的死亡斜坡。

大概每一個城市都有那麼一座校園，歷史悠久、校譽優異，陳舊的校舍歷年培養出許多頂尖的高材生，因此不管地理位置有多不近人情，家長們還是挖空心思要把子女塞進去。

大門口的牆上刻著「聖羅莎書院」的中英文名稱，每年學生暗裡票選「最不想放學遇見的老師」穩坐第一位的訓導主任，這時正一臉肅容站在門外虎視眈眈，每一位衝線的學生都要遭受他無聲的批判。

鐘聲響起，最後一批學生達陣成功，剩下幾個氣喘吁吁的吊車尾望著關上的大門哀號，訓導主任睜眼盯著他們，陣陣殺氣教滿頭大汗的學生馬上閉嘴，然後垂頭喪氣準備接受責罰。

再相隔十分鐘，這時居然還有一名學生姍姍來遲，而且他在坡路上緩步前行，根本沒有任何趕急的意圖。

訓導主任只瞄了一眼便心裡有數，整所聖羅莎書院的學生看見他都如老鼠碰著貓，唯獨是高中部那一個問題少年，永遠都不懼怕老師的威嚇。

貴為名校，師生都非常重視校譽，因此學生不論成績或操行皆受重視，整所學校裡唯一一位問題學生，自然就會成為所有人的眼中釘。

正當訓導主任準備破口大罵時，他看見那學生的模樣不由得一呆。

白色的襯衫半截露在外邊，袖口衣領和長褲上多處劃痕和污跡，臉頰更是有明顯的傷口。

「永洋克，你搞甚麼？」訓導主任驚道。

「我被車撞了。」永洋克一臉冷靜說。

永洋克木無表情卻講出意想不到的原因，訓導主任一時半刻竟然反應不過來，到他回過神來，這問題學生居然自顧自走進校舍。

「你去哪裡？」訓導主任大喊。

「醫護室包紮一下，回去上課。」永洋克理所當然地回答。

關於永洋克的傳聞，在高中部裡已流傳過無數版本，有人說他是黑幫少主，也有人說他是四處惹禍的災星，還有經常牽涉進各種毆鬥事件等等，彷彿整個區域的大小惡事都與他有點關係。

因此，班級同學對於他缺席遲到早就見怪不怪，平常亦沒有人敢主動向他搭話，永洋克就似是班裡的孤魂野鬼，所有人都對他視而不見。

這個與聖羅莎書院八字不合的害群之馬，偏偏學業成績不俗，無論老師百般留難，還是找不到開除他的關鍵藉口。

永洋克上課時十分安靜，他甚少像其他同學般作筆記，姿勢亦常常半伏在桌上，就算老師都吃不準他到底在聽課還是在睡覺，而每次考試結果都證明，他聽進去的遠比看上去要多。

這個班級大概和世界上很多高中都差不多，第一二排學生勤奮聽話會舉手，中間兩排偶爾聊天看看電話，最後那排完全是無政府狀態。班上最左邊僅有一行單座位，永洋克便坐在最末端的角落裡，而首席的那一位，可說是與他完全相反的存在。

就像每所校園都會有問題學生，同樣地，當然亦存在耀眼得難以接近的明星。

聖羅莎書院每年盛產高材生，畢業後獲海外頂尖大學錄取的大有人在，因此校園不乏家境富裕或天資極為優秀的學生，而能在各方面都力壓同級的，便是那位永遠專心上課的男學生。

端木皓長相俊雅，瘦削的臉頰不苟言笑，一雙英眸只盯著老師身後的白板，每年都是學級第一名的他從不與同學嘻笑，加上家族聲名在外，即使他學業運動音樂樣樣俱佳，仰慕他的女生都不太敢和他搭話，甚至連老師們，看見這位完美的學生都會不禁拘謹。

一位像是亮得令人睜不開眼的白，另一位是逢人避之則吉的黑，然而就是這樣風馬牛不相及的二人，暗地裡竟然擁有深厚的友誼。

放學鐘聲響起，學生們急不及待衝出課室，每天課後都是補習班和興趣班的時間，身為名校優等生，每一位都需要耗盡精神力爭上游，他們或許沒有甚麼夢想，但人生前程卻已被安排得密不透風。

身為風紀隊長，端木皓課後需要巡視校園，從操場走到舊校舍，百年建築斑駁牆壁不知重新蓋了多少層油漆，但牆上的足球印卻永不缺席。

當他完成職務離開校園時，那已是接近黃昏的時候，每天放學他堅持自己步行下山，接載他的司機總把車停在大街旁的停車場，而這一段路，就是他整天唯一可以放鬆下來的空檔。

「那本書你看完了嗎？」

永洋克若無其事從校門旁走出來，他因為遲到被罰留堂，剛好可以和端木皓結伴下山。

「看完了，我不能理解主角最後的選擇。」端木皓說。

「彰顯公義，同時拯救愛人，有甚麼不對？」永洋克奇道。

「他放棄了自己的生命，人死後就不存在，又不是讀者上帝視角，他怎麼知道事情已經解決？」端木皓說。

「他盡力了，這才是最重要的，人生很多事情本來就不確定呀。」永洋克不同意說。

「的確，主角的騎士精神描繪得很好。」端木皓點頭。

「對，有點像小時候看的那個騎士阿爾法，讀起來投入度很高。」永洋克說。

「沒看過，小說嗎？」

「不，動畫片。」

「哦……」

這對不為人知的朋友從來都沒刻意隱藏過甚麼，年多前一次機緣巧合，同樣完成風紀職務和課後留堂的二人在校門外相遇，端木皓手上的書打開了話匣子，原來他們都喜愛同類型的小說和電影。

校內誰都不敢接近的兩個人，自此開展起純樸的友誼，其實人的個性與外表、成績、特長不一定掛勾，真實的自我只有在彼此瞭解之後才慢慢顯現。

「對了，你衣服怎麼這樣？」端木皓看著永洋克的袖口問道。

「今天早上救了隻貓，被車撞了。」永洋克若無其事說。

「確實是你會做的事，沒受傷？」端木皓失笑說。

「沒有，身體結實該是我最大的優點吧。」永洋克灑笑道。

兩人來到了山下的一條岔路口，這亦是他們每次分道揚鑣的地點。

「明天見。」

「明天見。」

永洋克步進左邊的小路，而端木皓則走向右邊的大街。

人生的選擇，不一定是自由意志，就像回家的路，只是必然導致偶然。從他們分別後的數分鐘，命運便來到了他們的面前。

「轟！」

光芒以超越物體自由墜落的速度撞進地面，在陷落的地洞裡，永洋克和端木皓面對著截然不同卻又本質相同的光。

當火花褪去，顯露出來的竟然是人體。

黑色長髮，赤裸的上身佈滿閃著光圖騰，那臉容該是人類，但渾身散發的氣息卻令人本能恐懼，那感覺就似是基因深藏的記憶被喚醒，永洋克雙腿無法吋動，直覺告訴他，眼前的根本不是人。

那四周包覆著亮黑光芒的「人」已是奄奄一息，他望了永洋克一眼，然後嘴角上揚，像是聽到了甚麼笑話般咧嘴一笑。

「又要開始了嗎……咳……」

永洋克瞠目結舌，無論他有多想掉頭逃跑，渾身肌肉卻完全不聽使喚。

另一邊廂，端木皓呆然看著地洞裡失去知覺的人，閃耀著黃色光芒的晶石從那人頸項懸空浮起，並緩緩飄到端木皓眼前。

菱形的黃晶石被透明琉璃所包裹，並在端木皓面前不到十公分停住，然後晶石開始高速旋轉，光芒瞬息展開，把端木皓一併收容在黃色的圓形空間內。

地上的人始終沒有醒轉，而當端木皓被球體空間吞沒的同時，那副軀體化作了灰燼煙消雲散。

「接下來輪到你了，少年。」

長髮男人對永洋克說，他身上的圖騰動了起來，肉眼可見的黑氣不斷自地面升起，並漸漸圍繞著永洋克。

眼前最後的畫面，是那男人肉身崩離消散於空氣之中。

一切回復平靜，唯一的證據，僅是那兩個地洞。

有如《鬼玩人》一樣妖魔鬼怪蜂擁而至

睜眼所見，是熟悉的天花板，所有事情彷彿是夢，只是不知該算惡夢嗎。

端木皓從床上坐起，身體慣性般走進洗手間，扭開水龍頭抬頭一看，才知道自己仍穿著校服，幸好那古怪的晶石並沒在他身上。

念頭剛生，黃色光芒便出現了，晶石安然在他頸項上，恍如一條尋常的鍊飾。

他目瞪口呆地望著鏡中的自己，夢中一切是真實的話，那他又是怎樣回到自己的床上？

鬧鐘顯示是早上七點鐘，正是他日常準備出門的時間，他一臉茫然步出房間，樓下飯廳傳來傭人準備早餐的腳步聲，滿肚子的疑問無處尋求答案，而且在這大宅裡頭，他根本沒有露出破綻的餘裕。

頸上古怪的晶石可不能被人看見。

然後，黃晶石便消失無蹤。

於是乎，他裝作若無其事吃完早餐，拿起書包出門，並如往常一般登上司機的車。

「昨天……你送我回來了？」端木皓試探性問道。

「少爺不是自己回家嗎？」司機一臉訝然説。

「哦……沒睡醒忘了。」端木皓避重就輕説。

回到學校後，他還是如常履行風紀隊長的職責，除了有點心不在焉，其他師生都沒察覺出有甚麼不對勁。

不過，端木皓身體似乎不太適應四周的環境，也許是精神影響，他感覺到校園內的空氣有種奇怪的氣味，從步入校門開始，皮膚便像被氣流刺激。

此刻他只想立即衝出學校到昨天的街道看個究竟，能夠與他討論這件事的人亦只有一個。

課堂鐘聲響起，班級裡的同學仍在閒聊，每個班裡總有一些能言善辯的人，可以把簡單故事講得引人入勝，並每每都能暢遊在不同人際圈子之間。

而這天同學們談得興高采烈的，竟然就是山下街道莫名出現的大坑洞。

「那兩個洞大小差不多，還剛好相隔幾條馬路而已，今天早上消防隊來看了，可是都不知道是甚麼一回事。」

端木皓肩膀微動，他轉過頭望向傾談中的同學，這罕有的參與度把那些學生嚇了一跳。

「兩個？在哪裡？」端木皓忍不住問道。

「報告王子殿下，一個正好在那間小雜貨店旁邊，另一個靠近大馬路旁的小路。」

活潑的男孩向來是班中的快樂源頭，亦只有他敢如此稱呼端木皓，其他同學紛紛咋舌並等著看端木皓的反應。

然而，此時端木皓腦中盡被各種問題佔據，那另一個坑洞的地點，不正是永洋克回家必經之路嗎？

他下意識望向單行座位的末席，空蕩蕩的桌椅令他心生擔憂。

老師進入教室，嘻笑聲遽然而止，即使心神恍惚，端木皓還是勉強坐了一整個上午。

直到午膳時間，端木皓向老師稱身體不適告了半天假，沒有人會懷疑堪稱完美的高中生會砌詞逃學，兼且他確實不是說謊，臉色明顯有點蒼白，老師還多關懷了幾句。

離開校門後，端木皓急步走下山，他跑到了昨天與永洋克告別的路口，然後走向那小雜貨店所在。

地上的坑洞清晰可見，雖然位置不一樣，但確實和端木皓遭遇的極為相似。此時坑洞附近圍了封條，附近的居民都來了湊熱鬧，消防隊、警察和記者都在現場，小小街道熱鬧得像搞甚麼公開活動。

現場環境並沒能為端木皓解答甚麼疑問，他轉過身便欲離開，卻剛好看見友人的臉孔。

「你這小子，居然會逃學。」永洋克雙手插著褲袋。

「你……昨天沒事⁉」端木皓詫異說。

「我也不知道，一醒來出門就到這裡了。」永洋克搔頭說。

「你是不是看見甚麼了？」端木皓問道。

永洋克示意他避開人群再說，兩人走到附近的一個小公園，他們交換了一下情報，沒想到二人居然遇到了相同的奇事，但又好像有點不一樣。

「那個人也在你面前消失了……」端木皓沉吟說。

「你說的那顆水晶在哪？」永洋克問道。

端木皓沒有答話，但下一秒黃色晶石便在他胸腔上憑空出現，嚇得永洋克一愣。

「能隨你的意念隱形嗎？還能做甚麼？」永洋克驚異道。

「我還沒試過，你呢？那個人給了你甚麼？」端木皓反問。

「甚麼都沒有，不過體力好像變好了。」永洋克說。

「那是因為你睡飽了吧……」端木皓沒好氣說。

正當兩人得不出個所以時，他們幾乎同一時間心生警兆，然後不約而同望向坑洞那方向。

「你感覺到嗎……」端木皓茫然說。

「好像……嗅到變壞食物那樣……」永洋克點頭說。

「奇怪的比喻……總之先過去看一看吧。」端木皓皺眉說。

沒走幾步，他們眼前便出現意想不到的一幕。

在圍觀人群四周的住宅，屋頂上站了很多隻奇形怪狀的生物，有的像長了翅膀的猛獸，有的則是人形，卻又渾身長角，這些全部都不似是世界上任何已知的動物，而且皆不約而同盯著那坑洞看。

「你……看到了甚麼……」永洋克有點懷疑自己產生幻覺。

「百鬼夜行……？」端木皓呆道。

然後，最靠近他們的一頭巨型怪鳥似是聽到了他們的對話，鳥頭「嚓」一聲轉了過來，並和二人視線相接。

怪鳥仰天一嘯，展翅飛撲向他倆，巨大的雙翼在圍觀者頭頂掠過，而周圍的人似乎毫無所覺。永洋克和端木皓立即轉身逃跑，兩人運動神經都非常卓越，然而一展步時永洋克便跨出了十來米，跑速堪比一流的短跑選手。

相反，端木皓只是比一般人快，頭上的怪鳥轉眼便至，鋒利的雙爪已罩向他腦門。就在這生死危急關頭，端木皓腦中只剩求生意志，黃晶石再次出現。

「噹！」

怪鳥雙爪如同敲中鋼板，反震之力令端木皓向前仆倒，但亦成功窒礙了怪鳥的動作。這時永洋克發現了自己異常的高速，他一回頭看見好友的危機，馬上止步回身衝向那頭怪鳥。

在他不自覺的情況下，速度比起先前更快，那頭怪鳥還未回過神來，永洋克已躍起跳到半空中，拉臂一拳朝怪鳥的腦袋揍了下去。

「蓬！」

怪鳥一聲慘叫，身體撞向了一幢住宅，牆壁水泥崩散的響聲驚動了群眾，但他們都明顯看不見那頭怪鳥，端木皓和永洋克把一切看在眼內，這時怪鳥和其他幾頭異物向二人靠攏，危機感襲來，端木皓頸上晶石黃光大盛，連那些群眾都紛紛把目光投向他們。

奇異的事情發生了，看見黃光之後，那些異物頓像驚弓之鳥般四散，轉眼間街道便回復了平靜。

然後，端木皓和永洋克這才想到，在其他人眼中，他倆肯定像傻子般對著空氣如臨大敵。

永洋克連忙拉起端木皓就走，生怕他一不小心在人眼前把晶石變不見。

他倆完全無法理解剛才發生的事，甚至連那些詭異的生物，亦是讓人完全摸不著頭腦。不過，起碼他們知道，經過昨天之後，兩人都能看見平常不存在的異形怪獸，而那晶石和永洋克的拳頭都能對怪物們造成影響。

「至少……證明我或你沒有發瘋吧……？」永洋克呆然說。

「對……如果只有我一個，現在肯定去看精神科了。」端木皓點頭說。

兩人能看見同樣事物，即他們的變化有某程度相似，在只有謎團沒有答案的情況下，有好友相伴至少可以一起想想辦法。

「有套很老的電影，叫《鬼玩人》，主角解開了封印便放出了很多妖魔鬼怪……」永洋克說。

「那後來怎麼解決？」端木皓問道。

「主角用電鋸把惡鬼喪屍統統殺清光。」永洋克回答。

端木皓一臉無言，兩人離開現場之後找了間咖啡店坐下討論，就這樣耗了整個下午，奈何還是得不出任何答案。時間來到黃昏，太陽西斜街道亮起了燈光，他們逐漸發現，在每一個暗巷裡頭，那些不屬於人間的異物都隱藏其中。

雖然還是搞不清楚這些到底是鬼是妖，但從四周的活動來看，那些異物並不對他們或其他人類特別感興趣，而是各有各的活動，即使生活在同一個空間，卻儼然是兩個世界一樣。

隨著他們離開街道回家，眼中看見的怪物亦愈來愈少。

既然得不出個所以來，端木皓決定先行回家，明天回到學校時二人再作討論。

夜裡端木皓獨自在房內，他把晶石顯現出來仔細觀察，面對怪鳥襲擊的時候，永洋克說他看見晶石的黃光化作一塊盾牌護住了他的後腦，而這剛好便是危急時端木皓下意識的想像，因此他推斷，晶石擁有具現化想像力的效用，並能以此對抗那些尋常人看不見的異物。

於是乎，端木皓閉上眼睛集中精神，他從小接受各種訓練，日常生活亦甚少娛樂，因此專注力比起其他同齡人高得多。他嘗試在腦海不斷想像盾牌，從外形、功用到物件的質感等等，然後他張開雙眼。

甚麼事都沒有發生。

「不是想像力嗎……？」端木皓無奈道。

試了好一會兒都沒有任何效果，端木皓嘆了口氣躺到床上，晶石的光芒以緩慢的速度閃爍，並把端木皓籠罩其中，隨著他進入夢鄉，菱形晶石突然短促的連閃幾下，就像是訊號燈一樣，然後便再次消失在端木皓的胸腔。

第二天端木皓坐著車上學，他望著窗外的風景，汽車從郊區山景漸漸進入尋常住宅區，路上的行人亦多了起來，隨著車駛入大街，端木皓突然如有所覺般渾身一震。

他搖下車窗盯著街上的景物，這裡距離學校幾百米，待進入山路之後，端木皓的臉色更是難看。

「停在這裡就可以了。」端木皓說。

司機一臉疑惑但卻沒多問，端木皓自行從山路徒步而上，由於時間尚早，路上的學生甚少，因此沒多少人發現端木皓鐵青的臉色。

他仰望天空越過學校大門，並一臉震驚地看著校園四周，其他風紀都對這位隊長的異常行徑大感奇怪，但卻沒人敢上前發問。

端木皓發覺了其他學生的眼神，勉強抖擻精神裝作若無其事，到了上學的高峰時段，學生們紛紛進校，差不多快敲響鐘聲時，永洋克姍姍來遲。

「永洋克，你就不能早一點出門嗎？」訓導主任皺眉道。

這時的永洋克一臉惶惑，唯唯諾諾地點個頭便走了過去，其他風紀都大感詫異，因為平常這小子肯定不會賣賬，沒想到今天竟似是屈服於訓導主任的威嚴。

只有端木皓知道，永洋克和他一樣，看到了同樣的畫面而震撼不已。

街道上出現的異物，愈靠近學校範圍便愈多，到了校門外，成群結隊的古怪生物就圍在四周盯著學校看，雖然沒有一隻走進來，但那些密密麻麻的眼神還是讓他倆毛骨悚然。

端木皓判斷，異物根本不是自然地生長在城市之中，而是被某些東西吸引到學校範圍。

永洋克朝端木皓打個眼色，兩人悄悄走到舊校舍後側，這裡平常只有校工會經過，上課鐘已響更不會有學生走來。

「那些怪物不會是來找我們吧？」永洋克說。

「不，我今天上學的時候已經有這麼多了，而且如果目標是我們，早就攻擊了吧。」端木皓搖頭道。

「就是說……本來就有，只不過我們剛好現在能看見？」永洋克抬頭張望。

「我……不知道。」端木皓坦然說。

「也沒聽說學校最近有甚麼受傷事件。」永洋克思考說。

「先上課吧，看樣子他們不是進不來，就是沒打算進來。」端木皓說。

「你去上吧，我四周看一下。」永洋克拍了拍端木皓的肩膀。

端木皓走後，永洋克獨自走到旁邊的圍欄，有些會飛的小怪在半空盤旋，但亦一樣沒有飛進校園範圍，彷彿學校正被透明的半球形護罩包住。

而正如端木皓所説，那些怪物根本沒在留意他們兩人，眼睛都只盯著校舍看，似乎想在學校搜索甚麼。

想到此處，他翻身跳出校外，沿山路步行回城市裡，他從怪物來的反方向尋找，既然想不透學校裡有甚麼，不如先看看異物究竟從何而來。

離開學校範圍愈遠，異物的數量便愈少，它們有的隱藏在後巷街角的暗處，有的則在屋頂緩緩飛過，對四周的普通人絲毫沒有興趣。

然後，他看到眾多異物之中，有一隻與其他截然不同，所有大小怪物都正往學校方向聚集，只有這大耳朵長了翼的猴子，卻朝反方向慢慢飛行。永洋克被勾起好奇心，遂跟在後頭看它到底去哪裡。

大耳猴轉進了前方的小公園，永洋克跟了過去，沒想到一轉彎卻看見幾個老相識。

小公園裡坐了數個高中生，他們染著金髮蹲在地上，與永洋克打個照臉後都臉色大變站了起來。

「永洋克你這兔崽子！」

這幾個是附近另一所高中的不良少年，領頭那人曾因主動挑釁永洋克而被他暴揍一頓，沒想到此時竟狹路相逢。

永洋克心不在焉尋找那大耳猴的蹤影，這目中無人的態度令那些不良少年更為光火，紛紛走上前圍住了他。

「別擋路，快回去上課。」永洋克不耐煩道。

「你不也逃學嗎！」不良少年反駁說。

「滾開！」永洋克雙目閃過惱色。

不良少年受驚跳開，然而他們畢竟人多，對著孤身一人的永洋克沒理由要膽怯，因此領頭的壯起膽清了清喉嚨。

「上次的賬還沒跟你算，別想逃！」他瞪大雙眼說。

永洋克沒答話，旋身一記後踢蹬中那人的胸腹，即使他刻意收起三分力，那人仍然如被車撞般飛出十米。

其他幾個不良少年嘴巴合不攏看著同伴，然後一臉惶恐望向永洋克。

「三、二……」永洋克淡淡地數著。

不良少年一哄而散，連倒在地上的同伴都沒理會便逃之夭夭，永洋克完全沒理會他們，繼續尋找剛才那隻大耳猴的身影。

「嘿……身手不錯嘛少年。」

低沉的聲音從遠到近傳入永洋克耳中，他駭然回頭，但身後根本甚麼都沒有，唯獨是暈倒在地的金髮男。

然後，那金髮男身體不自然地站了起來，四肢像被操控般左右搖晃，他抬起頭與永洋克目光相接，永洋克驚覺那不良少年臉色變得極差，雙目更射出詭異的青光。

「你在跟蹤我，為甚麼？」

不良少年的聲音極不自然，永洋克知道那大耳猴怪不但發現了他，還附上了這個人的身體。

「我不懂你的意思，我只是順路回家罷了。」永洋克說。

「嘿嘿，敢騙我猳國大人，人類少年你找死？」

「呃……你是猳國大人，還是你的老大叫猳國大人？」永洋克搔頭問道。

「我是猳國大人！」

那不良少年大喊的一瞬間，永洋克立即衝了過去，一記低踢把不良少年絆倒，然後他猛力接住那人的背部，教他伏倒地上一動都不能動。

「你幹嘛……！」金髮男怒道。

「快從他身體裡出來。」永洋克說。

「喂，區區人類……放開我！怎麼力氣這麼大！」

無論金髮男如何掙扎，永洋克壓在他背上的手便如千斤巨石，使他完全翻不過身。

「豈有此理……！」

一聲怒喝，大耳猴妖從金髮男的衣服裡鑽了出來，並忽然撲向永洋克，但身體僅是小狗體型的它一瞬間便被永洋克單手掌握。

「嘿嘿，你上當了，只要接觸到你我就可以控制你的……咦……？」大耳猴突然臉色一變。

原來大耳猴怪想故技重施時，才發現自己的能力居然對永洋克無效，但永洋克沒留意它的反應，只是一聽到會被控制，他便下意識握著猴頭猛力狂搖晃，生怕真被它操控住。

「喂喂！停……別搖！救命！」猴怪慘叫道。

永洋克急中生智，脱下地上不良少年的校服外套，把猴怪團團裹住然後抓在手裡。

「嘔……」

猴怪被搖到眼冒金星，一張嘴便吐了一地。

「好了猳國大人，現在我們好好聊一聊吧。」永洋克微笑說。

這笑容看在猴怪眼中，竟讓它不自覺地打了個冷顫。

◇

永洋克帶著自稱「猳國」的猴怪走到僻靜的冷巷，然後把它綁在喉管上。

「第一個問題：你們這些生物到底是甚麼東西？」永洋克問道。

「甚麼東西不東西的，區區人類竟敢口出狂言！」猴怪怒道。

永洋克轉過頭，眼睛在地上尋找甚麼，然後一臉欣然拾起了一根生鏽的鐵棒。

「喂喂喂，別衝動……現在的小孩到底怎麼搞的，這麼兇狠……不是說好好聊嗎？」

猴怪求饒道。

「猴國是吧？你們都能講話嗎？」

「猳國是我種族的名稱，就像人類一樣，而講話當然是高級的才會，其他種族大多數都是憑本能行事的低等生物。」猴怪知無不言說。

「那你們到底是甚麼？妖怪嗎？」永洋克續問道。

「甚麼妖怪不妖怪，以前人類稱呼我們是靈獸、害獸或者神物等等，反正就是比你們人類高級，還不快放了我？」猴怪惱道。

「我一放你又要控制人作惡了，那怎麼行。」永洋克搖頭說。

「我剛才是自衛好不好！你還惡人先告狀！」猴怪一臉怒色。

永洋克反手把鐵棒揮向身後牆壁，頓時敲出一個洞來。

「對不起，是我語氣重了點……其實呢，妖靈界也是有規矩的，一般都不會跟人類有任何交集。」猴怪低頭說。

「那你告訴我，一大群妖靈為甚麼都圍在學校那邊，到底在看甚麼？」

猴怪聞言一驚，它看了看永洋克的校服，臉泛古怪表情。

「你……該不會剛好是那學校的學生吧？」猴怪問道。

「對，我是。」

「哈哈哈……那我勸你趕快逃吧，這是妖靈界百年難逢的大事，區區人類知道了又能怎樣？」猴怪大笑說。

永洋克見了心中有氣，反手一掌拍在猴怪腦門，痛得它嘩嘩大叫。

「反對暴力……！」猴怪抗議道。

「臭屁猴，跟我來，還有好多事情要問你。」

說罷永洋克提小雞般抓著猴怪的腳離去，路上其他妖靈見狀紛紛交頭接耳，有些更指著猴怪恥笑。

「放……放我下來！以後我怎麼出來混？」猴怪急惱喊道。

永洋克沒理它的哀號，這猴怪就是他和端木皓了解眼前所有謎團的鎖匙，所以他在得到想知道的答案前根本沒打算釋放它。

另一邊廂，端木皓如常在教室上課，他和永洋克不同，家庭背景令他每天都活在眾人注視之下，稍有差錯都可能會遭受諸多抨擊，因此端木皓習慣了就算發生天大的事情，他還是必須履行他該有的職責。

在其他人眼中，甚至沒誰能發現端木皓有任何異樣，端木皓對窗外的景象視而不見，直到放學鐘聲響起，完成了風紀的職務後，他才如常步出校園。

永洋克提著猴怪在門外等他，端木皓看見那罵罵咧咧的怪異猴相，他臉上表情和四周的妖靈一樣，既是驚訝又是好笑。

「本……本大人只是好心和你們這些人類小孩戲耍一下，可別得寸進尺了，快放開我！」猴怪惱羞成怒道。

「這是……甚麼？」端木皓失笑說。

「這位是猳國大人，這是我朋友端木皓。」永洋克介紹道。

端木皓一臉搞不清狀況，永洋克把他拉離校園範圍，遠離那堆圍觀學校的妖靈，然後找了個僻靜小公園把事情告知端木皓。

「事先聲明，我能說的已經七七八八，沒甚麼義務陪你兩個小孩玩了。」猴怪盯著端木皓說。

「我還有一些問題，看樣子你也去不了哪裡，就麻煩你回答一下吧。」端木皓說。

「嘿嘿嘿……太幼嫩了人類小孩……」

「啪！」

說罷猴怪掙脫了束縛，全速飛向端木皓，它一直示弱於永洋克，就是在找個機會捉人質，永洋克就算再強，朋友被抓也只能投鼠忌器。

正當它準備控制住端木皓時，只見端木皓的頸上突然多了一顆黃色晶石，由光芒組成的小盾牌剛好擋住了猴怪，撞得它倒地連滾了好幾個圈。

「喂，我帶來的有可能是普通人嗎？」永洋克沒好氣說。

「對不起、對不起，小妖不知道聖璃使者大駕光臨，敬請饒命呀……！」猴怪突然驚恐地磕起頭來。

端木皓和永洋克面面相覷，看來這顆晶石的來頭比他們想像中還要大。

「不逃了？」永洋克問道。

「不……不敢了，請使者大人高抬貴手，小妖知無不言、言無不詳……」猴怪惶恐道。

於是乎，他倆總算從猴怪那裡問出點情報。

鬼魂、精靈、妖怪、惡魔等等虛幻事物構成了世界的另一面，被稱為妖靈界的異域與人界共享地球的山河大地，普通人類對此不為所覺，雙方並存了千百年。過去歷史雖發生過多次禍延兩界的紛爭，但至少近數十年一直都相安無事。

直到這幾天，巨大靈量波幅打破了兩界之間的平衡，以致附近土地陳舊的封印受牽連，潛藏地底深處的上古妖靈即將甦醒過來，因此吸引了大批妖靈前來看熱鬧。

「而這被封印的古代妖怪，就剛好在學校地底？」端木皓皺眉道。

「報告聖璃使者，這校舍的建築物本來就是為了鎮邪而建在這裡的。」猴怪抖著大耳朵說。

「如果解封了會怎麼樣？」永洋克搔著後腦問道。

「據說數百年來封印的靈量將會大舉衝擊附近範圍，所有妖靈都會連帶受到洗禮，所以才會有這麼多想撈好處的傢伙聚集。」猴怪說。

「那個封印還可以撐多久？」端木皓問道。

「小妖不知道……不過若果再受多一次強烈衝擊，肯定便會破解，只不過擁有那種力量的大人物本就不多……」猴怪說。

永洋克望向端木皓，如此聽來學校所有人都被牽扯進危機之中，而能解救這狀況的便只有他倆了。

而且，憑他們的智慧當然已帶到，打破封印的波動正是他們身上的神秘力量，解鈴還須繫鈴人，因此兩人都覺得自己有責任。

「你叫甚麼名字？」端木皓問那猴怪。

「使者大……大人，小的叫馬丁。」猴怪怯懦。

「不是猳國嗎？」永洋克奇道。

「都說那是我種族的名號了！」馬丁惱道。

「好吧馬丁，我們做個交易。如果你能幫我們提供情報，解答我們一些疑難的話，我們付你報酬怎麼樣？」端木皓說。

「報酬……？呃……」馬丁疑惑道。

「你有沒有甚麼想要的？」端木皓問道。

馬丁遲疑了一會兒，然後下定決心望向端木皓。

「小的多年來就有一個願望，但憑我自己根本沒可能達成，如果重新封印後，希望使者大人可以成全。」馬丁一臉認真。

端木皓和永洋克頗為好奇，究竟妖靈會有甚麼特別願望。

「……希望使者大人可以帶我進學校，我想去一個地方參觀。」馬丁說。

「甚麼地方？」端木皓詢問。

馬丁眼中閃過一絲興奮，這時候永洋克覺得猴怪的表情有點兒似曾相識。

「高中女生的更衣室……」

永洋克差點沒跌倒，果然，這猴怪的表情不就和猥瑣大叔沒兩樣？

「你不是妖嗎，人類有甚麼好看的！」永洋克笑罵道。

「我們猴國就喜歡人類年輕女子不行嗎？你種族歧視啊！」馬丁惱羞成怒說。

「好，我答應你。」端木皓點頭說。

永洋克訝然望向好友，卻見端木皓一臉冷靜，完全不似開玩笑。

「如果能救整間學校，這個交易很划算，反正如果馬丁你亂來，我們會阻止你的。」端木皓淡然說。

「不會不會！我只喜歡看而已，不會動手的！」馬丁大喜道。

永洋克別轉頭退開幾步，他可不想參與這討論之中。

和猴怪馬丁達成了有點難以言喻的協議後，端木皓和永洋克總算不再盲人摸象，他們雖然還未找到方法重新修復校園地底的封印，但總算有了個開始。

只不過，封印破損為這個城市帶來的影響，還未真正開始。

這天的教室內，同學們都異常的安靜，所有人的目光甚至有點兒不知該往哪裡擺。

事源是這樣的：自從有了馬丁相助，端木皓和永洋克便開始在校內搜索封印的具體位置。根據馬丁所說，校園內必定存在通往地底的缺口，否則上古妖靈的氣息沒法如此輕易傳遍四周；而端木皓和永洋克都能看見妖靈，因此那缺口散發出來的靈量波動該逃不過他們眼睛。

於是，端木皓利用職務之便走遍了百年校舍每個角落，而永洋克亦幫忙去一些尋常學生不會去的暗處尋找：天台、倉庫、後花園、校務處，他們逐處仔細看，然而幾天下來仍是一無所獲。

為了盡快找到那缺口，這兩天永洋克破天荒地一大早就到了學校，搞得訓導主任以為自己教學熱誠終使頑石點頭，每次永洋克回校訓導主任便雙目泛紅盯著他看，把永洋克看得渾身不舒服。

早上鐘聲響起，端木皓從校門走回課室，剛好永洋克又搜了一次操場，兩人便並肩而行。

「不對，我覺得我們找的方向有問題。」永洋克皺眉說。

「怎麼說？」端木皓問道。

「如果是平常去得到的地方，按道理我們已經感覺到有異樣，會不會這校舍有甚麼秘密房間是沒人知道的？」永洋克說。

「我翻查過學校舊紀錄，這百年來的整修沒動過二樓及以下至地基，好像評估過風險太高，所以如果有秘密通道，該是在這範圍。」端木皓說。

「一、二樓有甚麼地方我們沒進去過？」永洋克問道。

「校長室、駐校校工寢室、所有女廁和女更衣室。」端木皓回答。

「那……我去校長校工那邊，你去另外的好了。」永洋克若無其事說。

「不，女生那個你去吧，就當幫那隻色猴子視察一下。」端木皓說。

「關我甚麼事，又不是我答應的！」永洋克笑道。

「那我用風紀身份說你匿藏在女廁裡面，然後帶人去搜吧。」端木皓嘴角上揚說。

「不裝乖了隊長大人？」永洋克笑罵道。

兩人邊說邊笑走進教室，原本吵鬧的同學們全都靜了下來，端木皓和永洋克不以為然，他們本就沒刻意隱瞞過甚麼，亦不知道在外人眼中，他倆是朋友這件事到底有多大衝擊。

直到他們各自回到座位，周圍的人仍然一臉目瞪口呆，老師走進課室還心想，同學們今天幹嘛這麼乖。

由於兩人都不肯進女廁，所以這件事暫時便沒再提起，而他們分工後，永洋克負責駐校校工，端木皓就去校長室。

永洋克中午時走到後門，駐校校工是位白髮大叔，他平常休息時就會坐在後門旁的小花園，永洋克打個招呼走了過去，似與校工頗為熟稔。

「小克今天又逃學嗎？」校工問道。

「不是呀財叔，想問你一件事。」永洋克說。

「哦？大門密碼？不行哦，不能告訴你。」校工笑說。

「財叔你上次是不是瞞著財嬸去賭馬了。」永洋克不經意說。

「臭小子……幹嘛，你到底要問甚麼呀？」校工哼道。

「就你住的那房間，最近有沒有覺得陰冷不舒服？」永洋克問道。

「呃……沒有呀，就老樣子。」校工搔頭說。

「我能不能進去看一下，好像管道有點問題。」永洋克說。

校工一臉疑惑看著永洋克，然後想起甚麼般笑了起來。

「我知道了，在躲訓導主任對吧，看在你平常有幫我忙，去吧去吧。」校工笑著把鎖匙拋給他。

永洋克不便再多解釋，道過謝便進了校工寢室，數百呎的空間充滿生活氣息，他置身其中凝起精神觀察，然而半點異樣都感覺不到。

換言之，校工的住所也是無功而回。

另一邊廂，端木皓直接走到了校長室門外，敲了敲門便走了進去，校長剛好坐在辦公室裡，並一臉愕然望著他。

「你好端木同學，有甚麼事嗎……？」校長問道。

端木皓張望整間房，然後緩緩走到校長桌前，憑他在校內的身份，就算是校長亦沒有攔阻他的打算。

「報告校長，三樓走廊有學生打破了玻璃，如果校長等一下巡視校園請務必小心。」

端木皓恭敬地說。

「哦……好的，謝謝你……」校長一臉茫然說。

說罷端木皓頭也不回走了出去，校長不明所以地搔了搔光禿禿的頭頂，這房間和校工那邊一樣，依然沒有任何異樣。

然則，可以搜索的地方只剩……

「不不不，我絕對不去。」永洋克猛搖頭說。

「我也不能進去。」端木皓亦坦然否決。

「喂喂，看你這不良少年平常壞事沒少做，現在倒退縮了？」

猴怪馬丁在端木皓身邊拍翼飛行，兩人一怪放學後並肩下山，討論如何尋找封印缺口。

「你以為我是你這色猴子？」永洋克瞪著馬丁說。

馬丁嚇得閃到端木皓身後，大耳朵在他肩膀後伸了出來，然後眼睛盯著永洋克。

「難不成叫聖璃使者去嗎，你這混帳東西！」馬丁狐假虎威說。

根據馬丁先前透露的情報，人類與妖靈自古已並存，許多民族或宗教都有記載另一個世界的事蹟，甚至有宗教團體專門收伏鬧事失控的妖物。當中歷史最悠久的組織勢力遍佈全球，名號能令妖靈聞風色變，而該組織每代皆有五名隨身帶著神秘晶石的使者，戰鬥力匹敵上級妖靈，要消滅尋常小妖完全不費吹灰之力。

端木皓那顆黃芒晶石，便是人稱「聖璃使者」的身份象徵。

「要不我們晚上闖進去吧。」永洋克屈服道。

「好吧，辛苦你了。」端木皓點頭說。

「甚麼……你這小子……」永洋克咬牙說。

「動作快一點，最近周圍都不太平，聽說有些大傢伙收到消息都趕來了，它們可沒那麼好耐性。」馬丁說。

「你不是說妖靈一般不襲擊人類嗎？」永洋克皺眉說。

「人類一般也不犯罪呀，但也不是總有像你那樣膽大妄為的傢伙嗎？那麼多大佬聚集在這種民居附近，會發生甚麼事都不奇怪啦！」馬丁老氣橫秋說。

兩人聽罷都臉泛憂色，事情可能比他們想像更嚴重，而且他們根本都不了解自己體內的力量，若然遇上甚麼怪物連自保都未確定，更別說要保護他人。

「今天晚上，我們進學校去。」端木皓斬釘截鐵說。

「好，就看看其他妖靈在搞甚麼。」永洋克點頭。

晚上十一時，學校附近的民居一片寧靜，沿路街燈映著樹影，永洋克到了約定的地點等待端木皓到來。

隔了一會兒，汽車駛到路旁停下，端木皓下車並著司機在附近等待。

「這麼晚還能大搖大擺坐車出來？」永洋克問道。

「難道從深山裡走路來嗎？家裡也沒大人在。」端木皓說。

馬丁一直跟著端木皓，果如它所說，晚上四周的妖靈比白天更多，永洋克一路走來已能感受到異樣的氣氛，這時好些妖靈都一臉不善瞪著他們看。

「端木大人，建議你用神璃開一下路……」馬丁怯生生道。

端木皓點點頭，頸上晶石顯現，黃色光芒照亮了上山的道路，空中響起大批妖靈的驚叫聲，像摩西分紅海般左右退避。

兩人一妖步行上山，校園外依舊聚集大量妖靈，被黃光一照紛紛讓開，永洋克領路走到後花園旁的圍欄，然後純熟地翻了進去。

「沒想到作為風紀居然會有這一天。」端木皓嘆了口氣說。

「真想拍下來給訓導主任看看。」永洋克笑說。

馬丁由於被封印拒絕在外沒法進校，所以只能在門外等待，端木皓和永洋克摸黑進入深夜的舊校舍，寂靜無聲更顯得詭秘莫名。

他們走到女更衣室門外，然後不約而同停下了腳步，並互相對望。

「猜拳決定吧。」永洋克瞪眼說。

「好。」端木皓妥協道。

正當二人準備猜拳定勝負時，後門突傳來一聲巨響，震耳的嘯聲直轟進他們耳窩。一頭身高逾五米、外形像黑熊的妖靈咆哮著擊打圍欄，其他小妖紛紛退避三舍，沉悶的撞擊聲把睡夢中的校工財叔吵醒，他拿著手電筒從小房間裡步出，並一臉困惑望向後門。

「搞甚麼，這兩天老這樣……哪裡來的臭小子……」財叔惱道。

永洋克立即心知不妙，財叔正推開後門出去看個究竟，那頭妖靈擺明沒有任何理智，肯定會襲擊任何從校園裡走出來的人。

想到此處，他已閃電般衝了出去，在端木皓眼中，好友的速度恍如獵豹，與世界頂尖短跑選手相比亦不遑多讓。

端木皓看著門外的巨型怪物，心裡下意識想像如何遠距離制服它，頸上黃晶石光芒逐漸覆蓋右臂。

對眼前危急一無所知的財叔半邊身體已踏了出去，那頭怪物果然轉頭望向財叔，然後巨掌朝他腦袋拍下。

「財叔小心！」

財叔愕然回頭，永洋克的身影已在他頭頂閃過。

「嘭！」

空中猛響乍現，永洋克拳頭正面硬撼熊怪巨掌，整個人被震得直飛向山邊草叢，熊怪憤怒咆哮，而財叔一臉茫然看著永洋克無端端飛走，殊不知生死危機就在身旁。「克仔？你沒事吧？」財叔一臉困惑問道。

永洋克吃痛從草叢裡爬出來，抬頭一看，熊怪正瞄準自己撲來，但財叔就站了在路中間，距離之近連示警亦來不及。

眼見危難無可避免之際，一道光擊中巨熊怪頭顱，痛得它原地跌倒，頭昏眼花尋找攻擊來源。

站在校舍內的端木皓舉著右臂，頸上晶石的黃光在右前臂形成了半透明的弩弓，巨熊怪怒極嚎叫，端木皓左手拉弓，黃光形成的箭閃電射出。

巨熊再吃一箭，腳步踉蹌差點站不穩，氣得它一拳轟向校園結界。

「嘭！」

結界把它擋在外頭，對身處其中的端木皓毫無辦法，乘著巨熊注意力分散，永洋克馬上拉著財叔跑回校園內。

「財叔，不要走出來！」永洋克叮囑道。

就算肉眼看不見妖靈，到了此時財叔亦明白校外有著甚麼鬼怪，臉色蒼白的他茫然點點頭，卻見永洋克別轉身奔向了巨熊怪。

永洋克此舉是生怕熊怪會打破結界防護，唯有先迫它遠離校園範圍，此時端木皓仍瞄準了巨熊的腦袋，不過他感覺到每射一箭精神便如遭掏空，恐怕再來一次已是他的極限。

熊怪雙掌舉高，準備全力撞向結界之際，光箭直射它臉門，頭部重擊下巨熊頓時動作一窒。

永洋克見機不可失，全力朝巨熊下腹踢去。

巨熊嘯聲慘叫，吃此重擊龐然身軀仰天倒下，身後的樹木盡被壓斷，然後從山坡一路滾了下去。

馬丁嘴巴合不攏望著永洋克，端木皓作為聖璃使者，有此能耐不足為奇，但這人類小子非但能觸碰妖靈，更不需任何工具便擁有擊倒熊怪的力量，就算在滅妖師之中都是絕無僅有。

「克仔，到底發生甚麼事……你們這麼晚為甚麼……」財叔驚恐道。

永洋克拍了拍財叔的肩膀，然後搭著他走回校舍裡。

「我們是來參觀女更衣室的。」永洋克說。

4 Chapter 我們還是個高中生，就不能正正常常上課嗎？

第二天早上，後門的狀況惹來同學們圍觀。除了圍欄有好幾處被撞擊的痕跡，山邊的大樹也倒塌了一大片，老師們對此亦大惑不解。

校長問起駐校校工財叔，財叔卻說他晚上聽見巨響後驚醒，起來後已看不見任何人，可能是山上石頭滾下來云云。

昨夜的事情財叔決定當做了一場夢，反正他也不知道如何解釋，索性撒謊保護救了他的兩名學生。

永洋克和端木皓白忙了一整晚，結果女更衣室內根本沒有任何異樣，早上回到課室時，永洋克才知道端木皓告了病假，早知道自己也蹺課算了。

他趴在桌上休息，班主任走了進來，然後原來還在閒談的同學們倏忽靜了下來。

「各位同學，今天我們班來了交流生，大家掌聲歡迎。」

在陣陣掌聲下，永洋克抬起了頭，班主任身旁站了一名男生，前額髮蔭幾乎遮掉雙眼，瘦削的身軀似乎風吹即倒，不過長相充滿文藝氣息，好些女生還是頗為受落。

「來，自我介紹一下。」

那男生聽畢點點頭，表情沒有任何波幅向所有同學鞠躬。

「大家好，我是唐橋義信，是從京都來的交流生。」

聽見是京都來的，同學們都興奮了，還得由班主任示意大家冷靜。

唐橋義信有意無意望向永洋克，兩人眼神接觸，然後唐橋義信走到了教室另一邊的位置坐下。

同學們對交流生充滿了好奇心，班裡擅於交際的活潑男生馬上湊了過去找話題聊，老師對此也就暫且姑息。

學校高中部每個年級各有四班，永洋克和端木皓平常不和同學打交道，因此對同學們都所知甚少，像永洋克這類我行我素的不良少年，甚至連同班同學的名字都記不全，多數都是以個人特徵作記憶點。

「唐橋同學，為甚麼會選擇來這裡交流？」

「家裡有工作。」

「京都好漂亮，有機會可不可以帶我們觀光？」

「可以，沒問題。」

「耶——太好了！」

看上去纖弱的唐橋義信講話彬彬有禮，和其他男生的感覺截然不同，因此女同學都紛紛圍住了他。

「你們這些女生，別嚇壞唐橋同學好不好！」

插話的活潑男生一向擅於社交，無論是老師或其他班級的學生他都應付得遊刃有餘，亦是班裡除了端木皓外，唯一敢和永洋克傾談的人。

「我們哪有！討厭啦薄野菱！」

這時永洋克的腦袋塞滿了有關妖靈的事，所以亦沒去理會交流生，一到午飯時便離開了課室。

經過後樓梯時，午飯時間擠滿了想去飯堂的學生，幾名高年級的男學生看見永洋克後神情不善，雖然聖羅莎書院是所名校，但名校男生依然血氣方剛，有好些高年級的都看不慣永洋克的態度，只是礙於校風，不便公開起衝突。

永洋克從來都不理別人目光，他背後的幾名高年級卻是牙癢癢，其中一個伸起腳，想偷偷從後踢他下去。

永洋克又怎會毫無所覺，他心裡冷笑，這些無聊小動作，讓他更看不起受無形階級束縛的同齡人。

聖羅莎書院是精英制社會的縮影，同學之間存在階級，每個人都不自覺地嚴守規則，對於任何脫離這套限制的人都主動疏遠，甚至是群起杯葛。

正當永洋克準備教訓一下高年級生時，一道人影突然橫裡撞了過來，恰好擋了在他和高年級生中間。

「哎唷不好意思，腳滑了……！」

那人一臉吃痛掩著屁股，後樓梯的人紛紛把目光投向這邊，那幾個高年級生不發一言越過他們離去，永洋克不由得瞟向這半路殺出的「救兵」。

「我自己會處理，不過謝謝你的好意。」永洋克說。

「我就是怕你處理他們……」那人汗顏道。

永洋克不記得他叫甚麼名字，卻認得他是隔壁班的。

「咦，你臉上怎麼都是止血貼？」永洋克奇道。

「被老爸打的。」那人笑著回答。

「那……要跟老師講？」永洋克更是不解。

「不是不是，我家裡是開道場的，練習。」那人連忙解釋說。

「好吧，下次見，家暴仔。」

永洋克說罷便走了，那人沒好氣地搖搖頭，因為他看出永洋克根本沒在記同學們的名字。

自從昨夜之事，妖靈的動向確實愈來愈活躍，永洋克叮囑校工財叔晚上千萬別踏出校門，至少短期內封印仍然能保護他的安全。

然而，就算對馬丁來說，那晚的事依然很奇怪。

那隻巨熊怪乃深山裡自然產生的妖靈，平常性情溫和不太會走到人類的地方，更別說是狂暴地襲擊人類了，因此校園封印之事看來還另有蹺蹊。

不過，這時馬丁另有更重要的事，所以巨熊怪的不尋常行為便暫且擱下。

放學後永洋克在校門外看見了馬丁，猴怪似乎在等待他，一看見永洋克便湊了上去。

「端木大人不行了！」馬丁焦急說。

「甚麼？」永洋克大驚道。

「他在家裡不省人事，你快去救他！」馬丁說。

永洋克聽畢大為擔憂，一舉足便奔了出去，速度之快教馬丁拍翼難追。

端木家是這城市最著名的家族，其大宅的位置人人皆知，不過端木家佔地面積很大，兼且守衛森嚴，普通人甚至連建築物的外表都未必看得見。

永洋克雖從沒去過端木皓的家，但要找到並不困難，而他身上的體力彷彿用之不盡，就算全速奔跑數公里，他仍是不覺疲累。

倒是馬丁追得上氣不接下氣，直到永洋克在大宅百米外停步，隔了好一會兒馬丁才終於趕到。

「你……你……倒是抱著我跑……」馬丁喘不過氣來說。

「裡面很多監控鏡頭，他房間是在哪一邊？」永洋克問道。

「後……後面……三樓盡頭……」馬丁勉力指出方向。

「妖靈體能這麼差？」永洋克失笑說。

「不……不行……嗎……」馬丁無力反駁。

永洋克看了看四周，乘著沒人一躍跳過了四米高的柵欄，然後他悄悄避開花園裡的工人，朝端木皓房間的方向步近。

端木皓曾經告訴過永洋克，他家裡保安非常嚴密，對外人亦非常不友善，因此自小他在大宅內的生活便如監禁一般。

隨著逐漸適應了體內異變，永洋克已掌握肌肉強化程度，憑藉永洋克現時的身體機能，三樓高度並不算甚麼。當確保沒被保安或任何人看見，永洋克一口氣踩著外牆跳了上去，雙手剛好勾住三樓的窗戶，馬丁飛進端木皓的房間，並幫忙打開玻璃窗。

永洋克爬進房間，果見端木皓閉目躺在床上，馬丁飛了過去，並想停在他的身上。

「不要過去。」永洋克提示說。

「為甚麼？」馬丁奇道。

「你看不見嗎？他身上有一層薄薄的黃光。」永洋克指著端木皓說。

馬丁仔細一看，才發現端木皓身上果然被聖璃石的光芒包裹著。

「應該只是昨晚使用能力過度太累吧。」永洋克猜測。

「你們人類能睡一整天都一動不動嗎？」馬丁還是有點擔心。

「喂，色猴子你幹嘛這麼關心，剛認識你的時候不是滿嘴低賤人類嗎？」永洋克斜眼望向它。

「端木大人怎麼可以跟你相提並論呢！聖璃使者是多麼尊貴，你這蠻牛懂嗎？」馬丁氣道。

「不會是給其他妖靈發現你當人類跑腿，所以想找個靠山救命吧。」永洋克嘴角上揚說。

「敬……敬仰的事能算救命嗎……」馬丁語無倫次說。

這時候，房門「咔嚓」一聲打開，事出突然，永洋克來不及躲，愕然和進來的中年男人打了個照面。

「你怎麼進來的。」中年男人寒著臉問道。

「我……咦，那是甚麼？」永洋克指著門外說。

這中年男人戴著眼鏡，身上穿著整齊白襯衫黑長褲，聽得永洋克的話就知道他想聲東擊西借機溜走，冷哼一聲便搶步截住他。

端木皓的房間極大，那中年漢卻一躍便跨到永洋克身旁，右手疾速抓向他的肩膀，同時左掌拍向他腦門。永洋克見之不禁吃驚，沒想到看上去平凡的中年漢，一出手竟是這般厲害。

永洋克側頭錯向，同時以肩撞向那中年漢，然而一不小心小腿卻吃了兩記低踢，幸好他已非尋常之軀，中了攻擊卻是只痛不傷。

這中年男人乃大宅的管家，他前來查看端木皓的身體狀況，沒想到竟遇到擅闖大宅的少年。他青年時曾效力特種部隊，兼且是武術家，身經百戰的他萬萬沒想到眼前青年竟有能力反抗。

管家默不作聲再度攻上，這次他再沒因為永洋克身穿校服而留手，拳頭如雨點打向永洋克頭部、腰肋和胸口，永洋克沒法完全擋格，一眨眼已連中幾拳，痛得他心中有氣，正面一拳還擊。

拳風撲面，管家神色劇變，頭仰後連翻了三個空翻，這一拳雖然落空，但卻成功迫退了管家的攻勢。

「你是甚麼人？以你年紀不可能練成如此拳力。」管家神色驚異道。

「我只是阿皓的朋友，聽說他生病來看他而已，有必要動手動腳嗎？」永洋克一臉不爽說。

「你們……」

一把聲音打斷了二人對峙，端木皓從床上坐起，木無表情盯著他倆。

「……在我房間吵甚麼？」

「抱歉少爺，醫生等一下就到了。」管家收起拳頭低頭說。

「不需要，我沒事了。」端木皓淡然說。

管家還想說甚麼，但看了端木皓一眼後還是把話吞進肚子裡，默然退出了房間。

「別盯我，是這隻猴子要我來的。」永洋克把鍋甩給馬丁。

「大人息怒呀!!」馬丁嚇得趴在地上。

「我家裡不能隨便闖，會出事的。放心吧，我只是用了能力之後太累而已，你們先回去。」端木皓說。

感受到朋友的關心，端木皓臉上表情比平常柔和多了，不過家族情況比較特殊，外人久留對他倆都沒有好處。永洋克既然知道端木皓安然無恙，便伸手揪住馬丁一同離去。

「臭猴子，快帶我飛出去。」永洋克打開窗戶說。

「你走開啦！這麼重我哪裡拉得動！」馬丁抗議道。

友人從窗戶跳了出去，房間回歸平靜，沒多久管家捧著一些餐點進來，並放在床邊讓端木皓享用。

「少爺，今天的事下人們都沒看見，沒甚麼能匯報。」管家垂頭説。

端木皓拿起茶杯輕啜一口，然後罕有地臉現笑容。

「謝謝你。」端木皓衷心説。

管家沒答話逕自退了出去，他心裡不禁訝然，端木皓自小在這環境長大，幾乎從未展現過歡容，看來少爺結交到知心朋友後，令他的心境出現變化。

他只希望這一份簡樸的友誼，能夠為端木皓將來的命運護航。

端木皓回到學校之後，他才發現教室裡多了一名新同學，唐橋義信彬彬有禮地向他打招呼，對於這時間點出現的交流生，端木皓不由自主多想幾分。

而且，他從唐橋義信身上感覺到相似的氣息，那是身處複雜環境才培養得出的過度成熟。

「歡迎你唐橋同學，如果對校規有任何疑問隨時和我討論。」端木皓官腔回答。

「好的，謝謝你。」唐橋義信點頭說。

永洋克這兩天都姍姍來遲，整個上午就伏在桌上睡覺，老師們早已把他當透明人，只要不鬧事也不管他聽不聽課。

到了數學課，老師正講解新的方程式，這位老師特別喜愛出難題給學生，他興高采烈在板上寫了一大條數式，很多同學單是看已感一頭霧水。

「誰能解開這條題目，就可以提早下課吃午飯。」老師一臉得意說。

班上其他人都沒打算舉手，因此唯一舉起的手臂份外顯眼。

前一秒還把臉埋在桌上的永洋克站了起來，所有同學都愕然望向他，連老師也不知該如何反應。

唐橋義信盯著他看，眼神不斷閃過異色，這些微細變化其他人都沒察覺，唯獨端木皓把一切看在眼內。

永洋克拿過老師手中的筆，飛快地在板上書寫答案，課室寂靜無聲，僅能聽見筆頭磨擦發出的「唰唰」聲。

「啪！」

完成了作答，永洋克隨手把筆放在老師桌上，然後便離開了課室，剩下一眾目瞪口呆的人。

「老師，我現在也知道答案了，能提早下課嗎？」

向來活潑的薄野菱插嘴緩和氣氛，果然一說罷便引起眾人微笑，老師也回過神來繼續講課。

這兩晚永洋克都獨自一人深夜留在校舍守護，閒來無事便拿起教科書溫習，但亦因此弄得睡眠不足，所以他提早下課後便溜到後花園的角落午睡。

待午飯鐘聲響起，端木皓來了找他，他們已搜遍了校園所有角落，然而還是找不到通往地底的缺口，因此便想商量一下如何搜索。

「根據校舍平面圖，像上次說的，如果有秘密通道或地底荒廢樓層，出入口都肯定是二樓或以下。」端木皓說。

「如果像電影那樣抽本書出來才會打開通道，要找到甚麼時候？」永洋克嘆道。

「或者像哈里波特呢，密室藏在……」端木皓望了望校舍另一邊。

「不，我不會再進去了。」永洋克瞪眼說。

「今天晚上再來找吧，馬丁說妖靈活動變得不太尋常。」端木皓說。

正當永洋克想說話時，端木皓突然示意他噤聲，然後一道人影緩緩朝他們走來，正是班裡的交流生唐橋義信。

「你們好，原來兩位是朋友？」唐橋義信微笑說。

「嗯，你不會剛好在散步這麼巧吧？」永洋克應道。

「我想熟悉一下環境，所以有空就周圍看看，百年校舍確實很有美感。」唐橋義信說。

「有些範圍是不能隨便進入的，請注意。」端木皓說。

「我會小心的。」唐橋義信向二人點頭。

看著他離去的背影，端木皓輕輕皺起了眉頭。

兩人沒有明說，但他們都感覺到交流生渾身散發出不尋常的氣息。

「回去上課吧，晚上再說。」端木皓說。

「我看你學校倒塌了還是會堅持上課。」永洋克取笑他說。

到了晚上，兩人再次相約在山下碰頭，這一次他們都能憑肉眼看出事情有點不尋常。

「馬丁，你的同類都去哪了？」端木皓問道。

「有些不好惹的傢伙來了，所以小妖們都只能躲開。」馬丁怯生生地張望四周。

「像那頭巨熊嗎？這幾晚確實少了很多妖靈。」永洋克問道。

「不不不，山熊是森林裡的山靈，平常很溫馴的，只是體型稍為大一點，我講的是那些上級妖靈……」馬丁搖頭說。

「上級？通常是怎麼分的？」永洋克好奇道。

他們邊說邊走上山，沿路連一隻小妖都看不見，和上星期的盛況完全相反。

「上級妖靈可能是自然產生，也可能是妖靈後天修行，更有的與人類有關，而且因為力量太強，很多連普通人類都能感受得到那危險的氣場。」馬丁解釋說。

「你是說……好像有針在直接刺神經線那種讓人渾身不舒服的感覺嗎？」永洋克說。

「對對對，你怎麼知道的？」馬丁點頭說。

校門就在數十米外，一道高大的身影安然站在大門旁，並緩緩轉頭望向他們。

身高逾兩米的人形妖靈體型瘦削，手臂不合比例的長，手掌及至膝蓋，頭部沒有任何髮絲，後腦隆隆鼓起，雙眼沒有眼白，身上那股不祥氣息切膚生痛，而眼神裡亦看不出半點情緒。

毋須任何言語，永洋克和端木皓已知道這就是上級妖靈，證據是校園一帶非但沒有半隻妖靈，甚至連蟲鳥都似消失無蹤。

馬丁渾身顫抖不已，面對上級妖靈，像它這類小妖本能裡只想掉頭逃跑。

「馬丁，你先下山吧。」端木皓低聲說。

端木皓的話令馬丁如獲大赦，然後黃晶石顯現，光芒令到那上級妖靈神色微動。

「你們是這裡的學生？」

妖靈嘴唇沒有動，聲音像直接震進二人腦袋，教人完全分辨不出遠近。

端木皓還是第一次看見完全不受黃晶石影響的妖靈，他和永洋克都感覺到這妖靈與巨熊相比絕對是天淵之別，所以他們都集中精神，準備好隨時出手。

「這裡沒有夜校，明天請早。」永洋克說。

「你的氣味……不像人類；你就是吸血鬼……？又不太像，難道山熊是你打倒的？」

妖靈喃喃自語道。

「你在找甚麼人？」端木皓問道。

「不是你。你是聖璃使者，去死吧。」

話音一落，兩臂已伸到端木皓面前，永洋克反應極快，從旁撞開端木皓，然後拳頭正面硬撼。

永洋克被撞得飛了出去，聖璃之光已在端木皓手臂形成弩弓，然而他還未來得及發射，那妖靈手臂一掃把他撞倒。

不知是妖靈速度太快還是另有乾坤，永洋克被擊中一刻似看見妖靈手臂如鞭子般扭動，彷彿雙臂都沒有骨頭。

這上級妖靈絕不似巨熊怪般僅憑本能行動，它故意把二人撞向不同方向，就是防止他們合流，而它亦沒打算給敵人喘息空間，目光鎖定端木皓便立即出手。

端木皓只感眼前一花，下意識舉臂抵擋，黃光立即在左前臂形成盾牌。

「噹！」

一聲猛響，端木皓整個人撞進了山邊草叢，上級妖靈如影隨形跟了上去，然而後方壓力襲來，連妖靈都心生警覺不得不轉身應付。

永洋克救友心切，腎上腺素急升讓他迫出超越人類的力量，他身影一瞬間便追至，拳頭霍然轟出，妖靈立即回身揮臂抵擋，一人一妖正面硬撼。

「蓬！」

永洋克整個人在地上連滾幾圈才停下，而那妖靈亦身體一震，沒法即時追殺端木皓。

「你是異人類……」妖靈神色閃動說。

永洋克只感到手臂痛得像要裂開，他一臉痛苦從地上爬起，用另一隻手支撐住自己。

妖靈散發出令人窒息的殺氣，永洋克的攻擊沒法傷及它，卻足以讓它認真起來，這時候，端木皓繞到了妖靈身後，並向永洋克打眼色。

一道光箭射向妖靈，它頭也不回側身躲開，然後頭部180度轉向後方盯住端木皓。

端木皓渾然不懼，舉起左手盾牌護住臉門，然後整個人全速往前衝，那上級妖靈冷笑一聲，雙臂如長鞭打向端木皓，而就在此時，永洋克亦全力躍起一拳朝妖靈後腦揮出。

兩方夾擊，妖靈唯有分神，左臂頂住端木皓，右手擋格永洋克。

「嘭！」

氣勁相撞，就算強如上級妖靈亦難抽身，端木皓立即從旁跳起，捉住永洋克的腿隔空轉身向妖靈射出一箭。

那妖靈被迫出凶性，狂聲咆哮硬生生以聲波把二人震開，光箭劃過它肩膀留下一小道傷口。

正當妖靈準備追殺二人時，卻見他們順著反震力一口氣向後退，並翻進了校園範圍，那妖靈縱使強大，暫時仍沒法突破封印，只能眼白白奈何不了他們。

兩人根本不可能戰勝這上級妖靈，因此只嘗造出適當時機逃命，恰好惹怒這妖靈令它走漏了眼。

「狡猾的小子……這封印保護不了你們多久。」上級妖靈冷哼道。

「有種別廢話，現在進來呀！」永洋克挑釁道。

「嘿嘿……既然吸血鬼有辦法進來，我一樣可以，等著吧。」

說罷上級妖靈就在二人眼前沒進了黑暗之中，四周重歸寧靜，兩人肯定它走遠了，才一屁股坐倒地上。

「天啊……嚇死我了……」永洋克還哪有剛才的威勢。

「我以為要沒命了……」端木皓臉色煞白說。

兩人純粹靠著一股氣勢與那妖靈周旋，現在冷靜下來回想，剛才只要走錯半步便是生死危機，面對如此恐怖的敵人，兩人連自己的能力都未摸清底細，能夠逃脫當真大半靠運氣。

「我還是個高中生……就不能正正常常上課嗎……」永洋克索性躺在地上。

「你有正常上課嗎？」端木皓反問道。

「上次你借我那本書，我連看的時間都沒有。」永洋克嘆道。

「唉，別說了……至少不用一個人面對這些破事。」端木皓望著星空說。

他們雖然還未知道自己究竟遇上了甚麼怪事，及這些遭遇將為他們帶來甚麼，但在徬徨迷茫之際，能與好友並肩面對，起碼不至於絕望。

「他剛才說吸血鬼進來了是甚麼意思？」永洋克突問道。

「嗯，我也聽到了，該不會學校裡還有誰在吧？」端木皓回頭望向漆黑一片的校舍。

兩人心裡發毛，才剛送走一隻瘟神，若再來另一個甚麼上級吸血鬼，真是多幾條命都不夠賠。

「我甚麼都感覺不到，你呢？」永洋克輕聲說。

「應該沒有，晶石也完全沒反應。」端木皓應道。

在生死關頭遊走一趟，現在兩人都有如驚弓之鳥，明明他們對妖靈有一定的感知能力，但此刻還是覺得心裡不踏實。

「我去看看財叔，如果沒事就早點回去睡吧！」永洋克跳了起來。

這一夜，他們並沒找到吸血鬼的蹤影，但那上級妖靈的話根植二人腦海，教他們片刻無法忘懷。

表面上毫無破綻的人通常是演出來的

經歷了驚心動魄的一夜，兩人心裡都滿腹疑問，最直接的途徑當然是問妖靈界的代表。

馬丁聽畢他們昨晚的遭遇，嘴巴一直都合不上。

「喂，馬丁，喂喂。」永洋克在馬丁面前揮手。

「你們……那個……上級……吸血鬼……」馬丁張口結舌說。

「你認識嗎？那隻光頭妖靈還說會再來。」端木皓問道。

馬丁臉色一下子變得鐵青，一雙大耳朵豎起，看上去就是受驚嚇的小動物。

「它是附近一帶很有名的上級怪物……如果它說的話是真，吸血鬼……也潛伏在學校裡了……」馬丁顫聲說。

「不是說妖靈不能進來嗎？吸血鬼很厲害？」永洋克追問道。

馬丁雙目圓瞪永洋克，似乎他問了一個非常白痴的問題。

「吸血鬼是人類變的，不算是妖靈，但卻比很多上級妖靈都要厲害。」馬丁解釋說。

「那他是甚麼……人妖？」永洋克不解問道。

「別亂講！異人類就是人類異變產生的種族，雖然數量不多，但每一個都不好惹，不過在學校範圍裡，吸血鬼應該會受封印影響禁制了力量吧……」馬丁一臉擔憂說。

「就是說，底下封印的東西吸引力這麼大嗎？」端木皓喃喃道。

「端木大人……你們還是離開吧，就算是聖璃使者，要同時面對吸血鬼和那上級怪物也太勉強了……」馬丁勸道。

「先不說學校師生幾百人，山腳就是民居，這兩天妖靈已開始影響普通人了，如果讓那些怪物得到封印的力量，死傷該有多少？」端木皓正容道。

「要不你叫其他聖璃使者來幫忙？」馬丁靈機一觸道。

端木皓和永洋克面面相覷，若不是馬丁，他們連這顆晶石的正確名稱也不知道，更別說搬救兵了，若果此時才將真相和盤托出，恐怕馬丁會被嚇得魂不附體。

「我……暫時聯絡不上。」端木皓避重就輕說。

「沒救了沒救了……世界末日了……」馬丁掩著臉說。

「等等，你剛才說吸血鬼在學校裡會被禁制力量？那吸血鬼白天能出現嗎？」永洋克問道。

「當然可以，你以為是甚麼爛電影嗎……理論上封印會讓大半力量發揮不出來，你想怎樣……」馬丁驚恐地望著他。

「既然不是晚上進來，那就是說吸血鬼已經以其他身份混進學校了吧。」永洋克沉聲說。

「對，如果要對付他，最好確實是在學校裡，等他弱一點的時候動手。」端木皓點頭說。

馬丁以看怪物的眼神望著二人，眼前兩個不過是人類高中生，但腦迴路明顯和普通人類不同，像吸血鬼這類超強怪物不來找你都偷笑了，哪會有人主動去招惹？

這下子他們除了要搶先一步找到學校裡通往封印的缺口，還得提防潛伏校內的神秘吸血鬼，想辦法找他出來將其制服。

換言之，無論校內校外、白天夜晚，這裡再沒有一刻是安全的。

對端木皓來說，天大的事情也好，他仍然需要嚴格做好自己的本份，畢竟他的身份伴隨束縛，所以他向來羨慕無拘無束的永洋克，不須顧慮外間的評價，亦沒有無數目光去批判他的一舉一動。

這是二人最大的不同，並反成為他們友誼的契機。人與人的交往，起點可能就是一點好奇心。

身為朋友，永洋克很了解端木皓的難處，因此他獨力攬下了尋找吸血鬼和封印缺口之事，端木皓只須從旁協助。

正如馬丁所說，吸血鬼本來是人類，身上並沒有妖靈的氣息，兼且校園範圍內連帶力量都被壓制，因此僅憑感知根本無法判斷誰是吸血鬼。

幸好永洋克很喜歡看偵探小說，對於這類情況有一定心理準備，根據他的猜測，若果吸血鬼選擇白天潛入校園，則必須以合理身份進入，否則很容易引起四周警覺，至少他和端木皓便不可能沒發現任何蛛絲馬跡。

於是他著端木皓找出最近剛來到學校的人，無論是學生或教職員都在嫌疑名單上。

端木皓稍一打聽便整理好名單，上面只有三個人：分別是新來的實習女老師、兼職校工與交流生唐橋義信。

「通常小說劇情，嫌疑最大的都不是兇手，不過，這唐橋義信也太可疑了。」永洋克分析說。

「對，唐橋義信的確很奇怪，但如果從行動方便來考慮，校工可能是最好的身份。」

端木皓點頭說。

「如果是吸引少男的動漫作品，那就可能是年輕貌美的女老師了……」永洋克沉思說。

「不，別幻想了，那位老師矮矮胖胖，不是你想的那種類型。」端木皓打斷他道。

「那你去調查唐橋義信吧，我去跟那個校工。」永洋克說。

「一聽見不漂亮，馬上就不管那老師了嗎？」端木皓笑罵道。

「反正像小說或電影的話，不管我們調查誰，肯定是遺漏那個才是真兇。」永洋克打趣說。

兩人分工合作，端木皓早就對唐橋義信起疑心，就算他不是吸血鬼，突然來到這裡也肯定另有企圖。身為大戶人家的少爺，行事自然另有一套方法，端木皓拿著交流生的個人資料，托管家找了一家私家偵探來調查唐橋義信的底細。

平常在學校裡，這交流生話並不多，亦沒有四處向人打聽甚麼，對同學們的溝通亦是點到即止，雖然態度友善，但總有一層無形的屏障包圍在他身邊。

和端木皓一樣，唐橋義信也是位好學生，上課的時候專注聽課，學業上絕對無懈可擊。唯一古怪之處，便是他從不上體育課。

據其本人聲稱，他自小身體就不好，醫生診斷其心臟機能比常人弱，新陳代謝亦較慢，因此並不適合進行任何劇烈運動。

因此，提供了充足的醫生證明後，校方當然容許他缺席所有體育相關的課堂或活動，每當其他同學上體育課時，唐橋義信便會待在圖書館裡，安靜地坐在角落看書。

單論性情和言行，唐橋義信和端木皓該有頗多共同話題，但端木皓自小受家裡成年人洗禮，對謊言和偽裝特別敏感，這亦是為甚麼他打從一開始便對唐橋義信心存疑竇。

唐橋義信古怪之處，在於他流露的感情表面上毫無破綻，仔細觀察卻是充滿虛假掩藏的感覺。或許對一般人來説，這些流於社交層面的溝通已是足夠有餘，但就端木皓所觀察，這個人的一言一笑，都包裹著刻意演出來的痕跡。

所謂同類相斥大概就是如此，端木皓不動聲色地觀測著唐橋義信，終於在午飯時候，兩人在舊校舍的走廊相遇。

底下球場人聲喧嘩，所有學生都不在課室裡，這時走廊裡僅有他們二人，唐橋義信禮貌地微笑點頭。

「你不去吃飯？」端木皓問道。

「我忘了點東西在教室。」唐橋義信說。

「還是在找別的？」端木皓冷冷道。

唐橋義信沒有答話，眼光投向籃球場上奔跑的學生。

「這樣簡單的校園生活，不知道可以維持多久？」

說罷唐橋義信朝端木皓點點頭，並越過他身邊離去。

端木皓沒有阻止他，在私家偵探調查出來之前，他並沒有證據和唐橋義信對質，兼且他和永洋克為那封印缺口已找了很多天，就算唐橋義信就是那潛伏校園的吸血鬼，也沒可能輕易就把封印找出來。

另一邊廂，永洋克針對的對象就直接得多，學校因為歷史悠久，舊校舍飽經風霜常常需要維修，近來校工人手不足，學校便聘請了一名中年男人當兼職，每星期只來上兩天班。

那中年男人上班時常在校舍周圍走動，若然想四處查探，校工這身份確是最佳掩飾，永洋克向財叔打聽過這名新員工，據財叔說，這中年男人本來就是做工程項目的，只是年紀大了不勝體力才轉來學校兼職，平常為人亦沒甚麼特別之處，對待同事和老師亦頗有禮貌。

永洋克亦沒覺得這大叔是甚麼厲害的吸血鬼，但本著盡責的精神他還是抽時間跟蹤了一下。

現在永洋克還未能完全控制好自己體內的力量，不過體能感官等都已確實提升許多，使得他視力聽覺等都變得非常靈敏，放學後他遠遠尾隨那校工，對方根本絲毫都察覺不了。

那校工到了大街附近的五金店，一口氣用現金買了很多工具，身為維修校園的技工，這些行為都是極為正常的。然後，校工便如常人般到便利店買飲料，順便逛一逛四處的商店。

如果吸血鬼活得這麼入鄉隨俗，那反而是更為驚人的事，永洋克愈跟愈覺無聊，便準備調頭離去。

不過，也不知是神差鬼使還是冥冥中有注定，就是因為他多留了兩分鐘，讓他目擊到關鍵的一幕。

第二天回到學校裡，那位校工照樣在各處做些小維修，他在廁所門外掛了禁止進入的牌，然後拿起工具箱走了進去。

隔了一會兒，廁所裡頭的校工聽到有人走了進來，轉過頭一看卻臉上愕然。

「同學，現在維修不能進來，而且這裡是女廁啊。」校工說。

「我知道，我也不想進來。」

永洋克淡然望著那校工，那直勾勾的眼神讓中年男人心裡一怯。

「快點出去！」

「你最近在學校裡都裝了偷拍鏡頭？」永洋克盯著他問道。

那校工聞言臉色大變，手裡的工具都差點捏不穩。

「我不……不知道你在說甚麼！」校工喊道。

「那我該不會在你工具箱裡找到昨天剛買的偷拍鏡頭吧？」

說到這裡，那男人知道已瞞騙不了，臉色要多難看有多難看。

「我認得你，你就是那個壞學生……」那男人說。

他從梯子爬下來，下意識把工具箱踹到自己身後，遠離永洋克站的位置。

「現在想裝英雄是嗎？我告訴你，沒用的，有人會相信你、感謝你嗎？你以後還不是繼續被排擠，最後成為社會上的邊緣人。」那男人氣急敗壞說。

「所以？跟你做的有甚麼關係嗎？」永洋克冷冷地看著他說。

「我現在就跟學校說，是你裝的鏡頭被我發現了，怎麼樣？」那男人被逼得急了。

永洋克走到盥洗盤旁，左手抓著往下一發力，整個盥洗盤便輕易被拆了下來，看得那校工目瞪口呆。

「這是你拆的，記得修好。」永洋克說。

簡單的力量展示嚇得那男人不知所措，永洋克步出洗手間，然後那男人這才發現廁所門外尚有另一名男生，剛才他們的對話已全被聽見，有兩名人證在，又哪容他再砌詞狡辯？

擾攘了一會兒，終於驚動老師及校方，最後警察來把那男人拘捕帶走，而老師們亦把功勞歸於另一名男生，彷彿永洋克的存在根本不值一提。

那男生被搞得很不好意思，他好不容易甩掉其他人追上永洋克，而後者當然完全沒把其他人的反應放在心上。

「怎麼了家暴仔？逃命似的。」永洋克奇道。

「首先，我叫詹子仁，麻煩你記住。」

「好的家暴仔。」

「……然後，這些明明是你的功勞，幹嘛拉我下水？」詹子仁惱道。

「就跟那變態說的一樣，單憑我沒人會信，有你才能解決這件事，所以你是有很大功勞的。」永洋克一臉認真道。

「可是你明明就不是其他人認為的那樣，為甚麼不借這機會澄清呢？」詹子仁不解道。

「沒必要吧，別人怎麼看是他們的自由。」永洋克懶洋洋說。

「那你為甚麼不找端木家的少爺？你們不是朋友嗎？」詹子仁皺眉道。

「你看上去人畜無害嘛，而且那傢伙剛好很忙，下次再聊吧，我還有事情。」永洋克揮手道。

說罷他竟從後園圍欄翻了出去，逃學逃得如此光明正大，倒教詹子仁不知道該說甚麼好了。

詹子仁在學校裡人緣甚佳，一來他脾氣很好，從不跟同學們起衝突，二來生性隨和，運動神經又極好，因此在老師之間，他的風評亦一向不錯。

永洋克找上他幫忙正是看上這點，詹子仁當然能理解，只是他接觸下來，發覺永洋克性情根本不似傳聞那樣，甚至乎是位很有正義感的好人，所以他才為永洋克感到不值。

時近夏天，天氣變得炎熱起來，最近學校附近常有各種詭異事件，都市傳聞向來是學生喜愛話題之一，每個人都添鹽加醋討論著鄰居的表姐的小學同學的妹妹遇上甚麼怪事，校工偷拍一事很快便被淡忘。

端木皓安靜地坐在座位裡，耳邊全是同學們興高采烈的話語，甚麼深山幽靈、雜貨店遭天譴、汽車半夜離奇被毀等等，幾乎每一宗端木皓都知道內情，只不過他臉上依然不帶任何情緒，彷彿所有事情都發生在地球的另一邊。

這時候，聊得興起的薄野菱把目光投向端木皓，並把椅子拉到他身旁。

「對了風紀大人，你家不在深山裡嗎？晚上有沒有聽見甚麼？」薄野菱問道。

「有蟲叫。」端木皓頭也不抬說。

「那你平常留下來巡邏時，會不會有碰過甚麼怪事？」薄野菱續問道。

其他同學紛紛投來好奇目光，端木皓合起了書本，然後轉過身望向薄野菱。

「聽說學校裡有吸血鬼，然後地底下關著巨型妖怪，我現在就在找那封印在哪裡。」端木皓肅容道。

薄野菱和其他人全部呆若木雞，半晌後眾人爆出笑聲。

「沒想到風紀大人這麼幽默，哈哈哈，吸血鬼嗎，哈哈……」薄野菱笑得眼泛淚光。

其他人都覺得端木皓在開玩笑，一時之間滿室開懷，端木皓若無其事地繼續看他的書。

白天學生太多，加上學校裡所有人都很忌憚永洋克，搞得他想四處走動都不太方便，所以他決定先到山下找馬丁打聽一下妖靈的動向，待放學無人後才潛回校舍。

在街上遊蕩的學生不多，除了商店繁華的大街外，其他小巷都非常安靜。每天放學之後，馬丁都會在校門外等待端木皓，似乎聖璃使者這身份已把小妖收得貼貼服服，而在這時間點，馬丁則多在山下流連。

近日妖靈活動變得不穩定，由於上級妖靈的出現，街上明顯少了很多小妖，但卻增加了妖靈失控的事件，導致附近一帶怪事連連，倒添了居民茶餘飯後的話題。

永洋克經過幾條街後來到另一所高中外，他從遠處便看見馬丁那對大耳朵和小翅膀，那隻好色小妖居然飛進了學校裡偷窺女生上體育課，永洋克沒好氣地盯著它，看得入神的馬丁卻渾然不覺。

正當永洋克在想該怎樣嚇唬一下馬丁，幾名男生卻朝他走來，且看裝扮便知不是善類。

「喂！在別人校門口幹嘛？」

幾個小混混穿著這所學校的校服，他們看見永洋克以為遇到人來踢場子，幾個人馬上把他圍住。

「我來找個朋友而已。」永洋克輕嘆道。

那幾個男生交頭接耳，其中有兩個顯是認出了永洋克，一想到又要節外生枝，永洋克便忍不住長嘆口氣。

「嘿嘿，少爺學校的壞孩子嗎？走錯地方不留下過路費不行啊。」

永洋克蹲下來，敲了敲水泥地面，幾名不良少年茫然看著他，然後也不見永洋克怎樣用力，他拳頭往地面一壓，便印出了一個小坑洞。

「你們的頭有比這硬嗎？」永洋克拍掉手上的灰。

幾名不良少年下巴都快掉下來，他們蹲下來摸水泥地，甚至有人發力朝地面打了一拳，痛得眼淚都流了出來。

永洋克沒理他們，這時馬丁聽見了這邊的喧鬧而回頭張望，看見是永洋克後大驚，馬上從女學生身邊飛走，裝作若無其事飄到永洋克身旁。

「這麼巧，你來打架嗎？」馬丁訕笑說。

「色猴子，走了！」永洋克沒好氣說。

那群不良少年誰敢攔他，永洋克和馬丁返回大街，沿途馬丁告訴他剛打聽到的消息。

「端木大人和你力戰白夜哭的消息已傳了出去，外面說聖羅莎書院雲集了妖靈、吸血鬼、聖璃使者等各方勢力，已經很久沒有這麼熱鬧的戰況，而白夜哭還放話出去，一周內要破除封印，把你們殺清光，誰阻它誰死全家。」馬丁言無不盡說。

「那隻光頭妖的名字這麼中二？白夜哭？我還半夜笑哩。」永洋克失笑說。

「白夜哭出了名的狠辣凶殘，都不知道多少滅妖師死在它手上，而且它小器得很，若讓它聽見你取笑它，肯定懷恨在心。」馬丁臉色鐵青說。

「有這麼巧嗎，我就笑它怎麼樣，白夜哭這名字蠢死了。」

然後一轉角，白夜哭就剛好站了在電線桿下，雙目狠狠瞪著他和馬丁。

「你看！天呀！跟我沒關係，是這小子說的！」馬丁立刻退開幾丈遠。

「你……你好，怎麼這麼巧？」永洋克尷尬道。

「明天晚上，學校毀封印破，我要殺光你們！」白夜哭惡狠狠道。

「它生氣了，完蛋了……」馬丁掩著臉說。

白夜哭轉身離去，走了兩步又停了下來，並回頭盯著永洋克。

「這名號是族群改的，你們人類懂個屁！」

說罷它消失無蹤，永洋克暗叫糟糕，看來自己闖了個大禍。

他馬上趕回學校，希望把這消息盡快告訴端木皓，而馬丁沿途當然不斷責怪他，令本來已經複雜的情況雪上加霜。

「就跟你說你硬是不聽！現在好了，連我都被你連累了！我們猳國族一向與世無爭，就只是喜歡色色，無端惹上好戰的族群，你說怎麼辦！」馬丁連珠爆發罵道。

「我怎麼知道上級妖靈會逛街！就它一隻我們想辦法還不行嗎？」永洋克惱道。

「你以為白夜哭像你那樣沒朋友嗎？他既然放話了，肯定會帶一批妖靈來攻擊學校，龐大的能量同時衝擊封印，已經衰弱的封印可以撐多久？」馬丁責道。

「好啦好啦是我不對！那也只能靠我們兩個撐了。」

永洋克翻進校舍，這時匆匆跑上樓梯的永洋克突然心神微震，因為他感應到了絲許異樣的氣息。

這感應既非妖靈亦不是吸血鬼，而更像是有東西在呼喚永洋克，彷彿是在回應他此時內心的焦急。

永洋克停下腳步，他身在校舍一樓，這裡是有百年歷史的禮堂所在，他緩緩步進以木材建築的空間，數米高的天花還用著建校時的橫樑，這時有些其他班級正在上體育課，學生們看見永洋克都紛紛投來異樣目光。

「同學你不是應該在上課嗎？」體育老師皺眉說。

這時永洋克完全對其他人充耳不聞，他全副精神都在搜索那感應的來源，然後他目光望向了木地板之下。

不可能，地板下面就是操場，根本容納不了任何地底封印。

除非……

永洋克渾身一震，一抬頭便看見體育老師的臉。

「禮堂舞台底下是甚麼？」永洋克沒頭沒腦問道。

「甚麼？舞台底？維修用的地庫跟管道……」體育老師呆道。

「謝謝老師！」

説罷永洋克奔了出去，關於永洋克是神經病的傳聞又多一項。

永洋克衝進了課室，剛好又是數學老師的課，同學們雖習慣永洋克我行我素，但這樣激動的模樣大家都是首次碰見，因此所有人都甚是詫異。

「永洋克……你搞甚麼……」數學老師皺眉說。

「答案是43，不好意思老師！」永洋克指著板上的題目說。

端木皓也是暗自嘆氣，這小子的任意妄為當真是完全不管任何人的觀感，他無可奈何從座位站起，向老師點點頭後便在眾目睽睽下與永洋克走出了教室。

數學老師認真地看著板上的問題，答案果然如永洋克所説，而同學們都紛紛議論兩人到底在搞甚麼，沒人注意到此時的唐橋義信一臉肅容。

「怎麼樣？在哪裡？」端木皓步出教室後問道。

「禮堂底有通道。」永洋克説。

「肯定？」

「肯定！」

「那我們晚上去看看吧。」端木皓點頭說。

「……還有一件事，明天晚上白夜哭說會帶妖靈來解除封印破壞學校，然後殺我們。」永洋克說。

「誰是白夜哭，好爛的名字。」端木皓眉毛一揚說。

「對吧！就是那隻光頭上級妖靈。」永洋克說。

「馬丁說的？這麼詳細，肯定嗎？」

「不……是那妖靈自己跟我講的。」

「你碰見它了？怎麼會主動跟你說的？」

「……就剛好街上碰到，然後它就說了。」

端木皓白了永洋克一眼，根據這不盡不實的發言和他對永洋克的了解，肯定是這小子做了點甚麼。

「那我們只能搶在所有人之前，看看能不能把地底的妖靈重新封印起來，晚上等其他人走了就去找吧。」端木皓說。

端木皓的對策是沒有辦法中的辦法，只有把封印修復，才能斷了白夜哭和吸血鬼的企圖，問題是他們到底能否成功，一切只能聽天由命。

相反，永洋克隱約覺得事情有點蹺蹊，就像是他們不小心遺忘了很重要的細節，不過他硬是講不出個所以然。

放學之後大部份學生都離開了校舍，老師們逗留到六時多也都下班了，財叔本應駐校留守，但永洋克親自遊說，為了安全起見，曾目擊詭異現象的財叔亦同意這兩晚都離開校舍。

換言之，這座學校只剩他們二人，若能成功把地底封印修復，則明晚白夜哭只能無功而回了。

馬丁一碰見端木皓，當然把永洋克做的好事鉅細靡遺講述一次，一聽見原來是取笑名字惹的禍，端木皓便不禁大反白眼。

夜幕低垂，兩人駕輕就熟潛進漆黑的校舍，端木皓用晶石照明，而永洋克在黑夜中視力根本不受影響。他們走進禮堂裡，空蕩蕩的偌大空間只有二人腳步聲的回音，舞台後有一鐵梯通往底部，一打開鐵門，潮濕霉味便撲鼻而來。

雖然這時的感應比不上白天時強烈，但永洋克仍能感覺到那封印就在腳底之下。

這小倉庫平常是放一些器材和維修用的工具，端木皓原先沒想過搜索這裡，是因為圖則沒顯示，原來這倉庫原來還能和地底相通。

他們走到倉庫盡頭的角落，果然看見地上一個類似渠道蓋子的圓形金屬板，永洋克拉住金屬板凹下去的地方，使力氣一拉，難聽刺耳的摩擦聲充斥整個倉庫。

一條狹窄的長梯出現在二人面前，這條神秘長梯藏在水泥牆之中，往下看深逾十米，根據建築位置，長梯外就是操場盡頭的主力牆壁，一直下達學校地底深處。

「沒錯，就是這裡。」永洋克清晰感應到呼喚。

最神奇的是，長梯與外界並非完全密封，他們一打開金屬蓋便感受到氣流，甚至能聽見操場外的蟲鳴，說明牆壁之間還留有通風孔，大概因為如此，封印洩露的妖靈氣息才會散發出去。

就在二人準備下去的時候，他們聽見通風孔傳來腳步聲，甚至還有人的笑聲。

兩人都不怕鬼，畢竟妖靈甚麼的都打過架了，所以他們冷靜一聽，便判斷出這是人類的聲音，而且聲源來自操場。

「怎麼操場會有人？」永洋克皺眉說。

「先出去看一下吧。」端木皓說。

他們離開那倉庫，然後走出禮堂，從一樓主梯走到地下操場，剛好看見幾個人影往新校舍那方向步行，然而，另一幕卻讓他們更吃驚。

大門外的馬丁正一臉焦慮對著他們猛揮手，然後指向遠處的天空，永洋克定睛一看，依稀可見密密麻麻的黑點正朝學校的方向飛來。

「是妖靈……糟，白夜哭騙我，它是今天晚上襲擊學校！」永洋克一震道。

「你去追那幾個人，叫他們快逃，我上天台看看。」端木皓當機立斷說。

兩人立即分頭行事，永洋克全速跑往新校舍，而端木皓則坐電梯通往頂層。

端木皓跑上天台後，卻發現並非只有他一個，一道背影正揮動雙手，對著遠處天空的妖靈舞動。

這動作彷佛是在指揮演奏，而漫天妖靈正是受其召喚蜂擁而至。那人回頭，端木皓神色微變，晶石立即顯現眼前，黃色光芒徹底照亮天台。

「果然是你，唐橋義信。」

永洋克的奔跑速度堪比獵豹，當他追上剛步入後樓梯的人群時，還把那幾個人嚇得叫了出來，而且這些人都是他認識的。

「你們……在這裡幹甚麼？」永洋克愕然道。

那幾個竟是他和端木皓的同班同學，一行人有男有女，拿著手電筒一副準備探險的模樣。

「我們……是來探靈的……」女同學怯道。

「混帳！眼鏡女、悶騷男，還有你社交仔，快點回家，這裡很危險。」永洋克沒好氣道。

「甚麼社交仔？喂，你不能改個好聽點的綽號？」

「甚麼……？那你是在幹嘛？」女同學不滿道。

還未等永洋克回答，天台突傳來一聲巨響，永洋克馬上心知不妙，肯定是端木皓那邊出事了，想到此處他更是沒有耐性。

「快走!!!」永洋克吼道。

女同學嚇得大叫，幾個人馬上原路逃跑，永洋克在後頭追趕，要確保同學們能安全離開學校範圍。

他們在球場上奔走，永洋克望向天空，許多長翼的妖靈已迫近學校範圍。

「永洋克，你是不是完全不記得我們的名字？」

「隨便啦社交仔，快跑別廢話。」

就在他們快將到達校門時，山林之中突然跳出兩隻龐然巨妖，咆哮著衝向了他們。

「停下來!!」永洋克驚道。

可是一會兒叫人跑，一會兒叫人停的，同學們都被搞得一片混亂，永洋克咬牙提速掠過眾人，筆直跳向那兩隻巨怪。

他長嘯一聲，拳頭全力揍往巨怪臉門，一隻被打得腳步踉蹌跌倒，另一隻卻發難反擊，把永洋克打得滾倒地上。

幸好被稱為「社交仔」的薄野菱擋住了其他同學沒衝出去，才倖免於難。

「做得好！社交仔。」永洋克讚道。

「你們到底在幹嘛……」薄野菱抱怨道。

「告訴你吸血鬼和妖怪要破壞學校，我講你們會聽嗎？」永洋克不以為然道。

反正他向來獨來獨往慣了，別人怎麼看根本不重要，就算被同學當神經病他也無所謂，但若果同學在他眼前受傷，永洋克卻沒法接受這件事，個人原則驅使他以身犯險，調查學校的封印，及站在同學面前拚死守護。

另一邊天台之上，端木皓以光箭擊退一隻妖靈，希望可以有震懾效果，奈何天空中妖靈數目太多，憑他一人不可能應付得來。

「你的目標也是地底封印著的妖靈嗎？」端木皓盯著交流生。

唐橋義信仍然背對著他，雙手似有節奏地揮動著，但當他聽到端木皓的話時，手臂的動作便慢了下來，並幽幽地長嘆一口氣。

「這誤會也太深了。」唐橋義信說。

「下面還有普通學生，你就不能暫停攻擊放過他們嗎？吸血鬼先生。」端木皓說。

他把光弩對準了唐橋義信，使後者不得不轉過身來，手上動作亦停頓了。

天空中的妖靈紛紛咆哮，並同時朝校園封印展開攻勢，一時之間半空中爆發連串轟然巨響。

「我不是吸血鬼。」唐橋義信說。

端木皓一呆。

隨著眾多妖靈們的連串攻擊，封印障壁漸漸支撐不住，首當其衝是地面範圍，巨怪撞擊下屏障爆碎現出缺口，幾隻體型較小的妖靈鑽了進去，並朝永洋克他們跑來。

「躲在我身後，不要動！」永洋克如臨大敵說。

這場戰鬥生死攸關，永洋克肩負了其他無辜者的性命，此刻他置生死於度外，精神完全集中，僅憑一人面對張牙舞爪的妖靈軍隊。

「嘭！」

一聲猛響，永洋克整個人失控飛了出去，剛才突如其來的巨力將他震開，但他卻完全感應不到攻擊是從何而來。當他從地上爬起的時候，他驚覺同學們已全部都昏倒在地上，妖靈們也像保齡球瓶般散落四周，球場上僅有一人神情輕鬆地站著。

「社交仔……？」

薄野菱拍掉手上的灰，聽見永洋克的呼喚後抬起頭，眼珠的顏色在黑夜之中產生變化。

「我才是你說的吸血鬼。」

薄野菱眼眸之中異采乍現，整個人的氣息倏忽判若兩人，非人非妖的身上散發出強大的靈量波動，連那些妖靈都臉泛懼色不敢妄動。

永洋克心中驚濤駭浪，他和端木皓還以為吸血鬼是近期才進入學校，所以調查對象都局限在最近入校的人，這思考盲點令他們忽視了吸血鬼長期潛伏的可能。不過，就算他們早有所料，亦肯定猜不到竟然是當了大半年同班同學的薄野菱。

薄野菱緩緩步向他，校門外的妖靈仍然不斷湧入，並紛紛撲向他們。

「別傷害同學！」永洋克驚道。

「轟！」

肉眼難測的快，永洋克卻看得清楚，只見薄野菱瘦小的身軀如閃電般出手，一掌捏住了巨怪撲張而來的臉，再狠狠把它轟進地面。

僅一擊，巨怪便不省人事，還成功震懾全場，妖靈們立即團團圍住他們，卻保持距離不敢靠近。

「我為甚麼要傷害他們？你是不是搞錯了甚麼？」薄野菱一臉不解問道。

「吸血鬼，你也來礙我的事。」

在眾妖靈擁簇下，白夜哭慢條斯理走進校園，這時封印幾乎褪盡，對妖靈們的禁制已失效。它看著薄野菱，神情顯然沒對著人類時那般輕蔑，眼神中更多了一重謹慎。

「光頭醜八怪，這裡我地盤，給我滾。」薄野菱冷哼道。

白夜哭臉色大變，四周的妖靈更是譁然，眾所周知白夜哭性情乖戾，就算是吸血鬼，面對如此多的敵人亦很難全身而退，如此惹怒白夜哭實屬不智。

果然，白夜哭臉色一沉再沉，渾身都散發出刺膚的殺氣。

「地上的、天空的，我看你怎麼擋，底下封印之物我要定了。」白夜哭陰惻惻道。

言罷，天空中連番響聲，飛翔中的妖靈亦進入了校園範圍。

天台之上，端木皓愕然望著唐橋義信，因為此時唐橋雙掌一張，精準地消滅了端木皓頭頂的妖靈。

「你說你不是……那你是誰？」端木皓略為放鬆了警惕。

「我是陰陽師，受委託調查地底下被封印之物。」唐橋義信雙手並沒停下。

只見唐橋義信結著手印，並將符咒扔向天台四個角落，電光形成保護網，將兩人與妖靈隔開。

「幫幫忙吧，我一個人比較吃力。」唐橋義信說。

端木皓不得不先放下成見，轉而把光箭瞄準飛行妖靈，兩人在天台上接連施展遠距離攻擊，空中妖靈紛紛墜落。

這幅景象看在球場眾妖眼中，很明顯天上的同伴遭遇抵抗，並且漸見不敵，薄野菱見狀向白夜哭瞇眼微笑，嘲弄之意表露無遺。

「一群廢物，我自己來！」

白夜哭話音一落，雙臂伸長快速抓向薄野菱，比起上次面對永洋克時明顯強得多，可見它對薄野菱有多忌憚，一出手便毫無保留。

面對上級妖靈來勢洶洶，薄野菱朝永洋克望了一眼，並指了指身後昏迷不醒的同學，永洋克會過意來，馬上向側移兩步保護住那幾名普通人。

眼見同學們有永洋克守護，薄野菱再無後顧之憂，轉身便是一記後旋腿。

「嘭！」

白夜哭遭反震退開幾步，薄野菱借力身影一閃，速度之快令眾妖靈反應不及。

四周的妖靈們逐一被襲，慘哼聲此起彼落。

「圍在一起！」白夜哭大聲示警。

可惜太遲了，當剩下幾隻妖靈有所動作時，薄野菱後發先至，精準地依序收拾這些小妖。

永洋克此時便知道，校園封印徹底潰散後，連帶薄野菱身上的限制亦被解除，因此他無論力量和速度都仍在不斷攀升中。

白夜哭臉色無比難看，吸血鬼的強遠超他預期，在場所有妖靈與他層次相差太遠，在這等程度的戰鬥中，雜魚數量再多也無法對薄野菱造成壓力，看著手下一隻一隻倒下，白夜哭知道此時此刻它能依靠的只有自己。

身為上級妖靈，白夜哭好歹是橫行一方的霸主，這時它被激起凶性，狂嚎之下力量澎湃而出，四周刮起強風，吹得永洋克瞇起了眼睛。

單是感應到白夜哭的靈量波動，永洋克便大感心驚，如此等級就算是自己與端木皓聯手，恐怕也沒辦法應付得來。

薄野菱臉上不起一絲漣漪，他知道白夜哭準備拚命，而若果自己全力出手，單是洩漏出去的氣勁，便足以覆蓋整個校園範圍。

「永洋克，咬緊牙關頂三秒。」薄野菱說。

「好的，社交仔。」永洋克點頭道。

薄野菱失笑搖頭，然後緩步前行，每走一步，他身上的氣場便強一倍，到了第五步，圍繞他身邊的靈量已與白夜哭的妖靈氣息相撞。

「明天還要上學，快點打完回家吧。」薄野菱淡然說。

白夜哭怒吼一聲，凝聚全部力量轟向薄野菱，霎那間彷彿是十級暴風吹襲，校舍玻璃窗全部吱吱作響，操場上的籃球架更被吹歪，永洋克以肉身擋住後面的同學，奮起催谷體內異能抵抗。

薄野菱深吸一口氣，然後一掌推向前方，與白夜哭的攻擊相比，他施展的一擊平平無奇，卻把渾身力量高度集中於一點，單計靈量的精密度便不是同一層次。

暴風被中央突破，四周氣勁回捲收縮，以薄野菱掌心為中心不斷逆流湧至，白夜哭滿臉不能置信，校園內的暴風一瞬間平息，所有聲響頃刻間消失，剎那間的寂靜令永洋克耳嗚。

「轟！」

白夜哭的攻擊遭到全面反噬，整個身軀飛上半空，落地滾了幾個圈才停下，在手下面前威嚴全失，更被震退至校門範圍外。

「你……你不是普通的吸血鬼……」白夜哭抹去嘴角血絲。

「我是這學校的學生，今天晚上，誰都不准踏進校園範圍。」薄野菱淡然說。

「哈哈，好呀，你不殺我，將是你最大的失誤。」白夜哭森然說。

說罷它頭也不回，沒進山林之中消失不見，其他妖靈見狀當然紛紛離去，連帶空中的也一同撤退，在天台上力抗敵人的唐橋義信和端木皓頓時壓力大減。

薄野菱暗舒一口氣，然後轉身面向永洋克。

「那傢伙去找其他兄弟了，快帶同學們離開這裡。」薄野菱說。

「不行，底下封印著妖靈，等一下那隻白夜哭帶一堆妖靈黑社會來，剩下你一個怎麼辦？」永洋克皺眉說。

「首先，學校地底封印的不是妖靈，而是一件物品。」薄野菱說。

永洋克聞言一呆，他和端木皓一直以為封印的是妖靈，沒想到居然只是死物，那到底有甚麼吸引力讓眾多妖靈前仆後繼？

「正好，人都到齊了，一次過說吧。」薄野菱說。

端木皓和唐橋義信來到了操場，他們看見眼前畫面都不禁一呆，尤其是同班同學薄野菱像換了一個人，眼神深不可測地打量他們二人。

「沒想到班裡這麼熱鬧，聖璃使者、陰陽師，還有永洋克，我真看不透你是怎麼一回事。」薄野菱說。

「你才是吸血鬼？」端木皓恍然說。

「對也不對，因為我從來都不吸血，這名字老實說，有點刻板印象。」薄野菱說。

「你是為了底下所藏的法器而來？」唐橋義信並未放鬆警惕。

「我當初來這裡的確是因為它，但我沒打算奪取，只是有點興趣想看看實物而已。畢竟那種等級的法器會挑宿主，隨便亂動反而有害無益，所以就算讓白夜哭那笨蛋去拿，它也沒本事帶走。」薄野菱解釋說。

「你話還是這麼多，看來平常不完全是演的，社交仔。」永洋克說。

「你再亂叫，看我揍死你。」薄野菱堆起笑容說。

永洋克哪想到有朝一日會被班裡人緣最好的薄野菱威嚇，且即使永洋克身體已異於常人，仍然沒可能打得贏輕易趕走白夜哭的他。

「地底藏的是甚麼東西？」端木皓問道。

「那是三柱之一曾經修煉用的工具。」薄野菱回答。

唐橋義信臉上變色，但端木皓和永洋克仍是一頭霧水。

「白夜哭很快會再來，就算它沒能力使用法器，胡亂妄動恐怕會毀了學校。」薄野菱嘆道。

「你剛才不殺了那些妖靈？」端木皓下意識道。

「只有人類才會不問緣由亂殺人。」薄野菱淡然說。

端木皓輕皺眉頭，難不成要他們四個人永遠守住學校嗎？

地球遠古時代，生命尚未存在之時，受磁場牽引的靈量不斷轉化，過程之中逐漸形成自然環境，同時催化生命的誕生。然而，澎湃的靈量在不斷匯聚壓縮的過程中催谷至極限，最後引發滅世災禍，無數生命被摧毀，星球經歷一次又一次的循環。

龐大且失控的靈量終將導致星球滅亡，幸而星球激發自我調節機制，孕育出能夠操控靈量轉化的物種。最早出現的上古種族具有莫測高深的力量，每一名個體都有能力影響星球自然環境，彼此之間的戰鬥動輒毀天滅地，當靈量集中在小撮個體手中，世界始終無法進入平衡狀態。

隨著種族繁衍，靈量被攤分，並漸漸產生妖靈界和人界，自此世界便由三界劃分。

通過不斷磨擦融合，三界不同種族共享了星球龐大的靈量，千百年後終達致了平衡。每一個世代，都會有三位到達巔峰的存在，他們憑一己之身吸收了星球大部分混沌難測的靈量轉化，維持了三界的安穩，使得文明能夠發展下去，後人尊稱其為——

「三柱。」

位於禮堂地底的神秘地下室，三個角落各立一根圓柱，上面刻了許多從未見過的文字，永洋克、端木皓、唐橋義信及薄野菱站在中央的祭壇前，木雕長桌上供奉了一個錦盒，盒子被紙條封住，然而此時紙已粉碎，盒上的圖騰似活了過來，內裡隱藏的物件不斷掙扎而出。

他們四人知道白夜哭很快便會帶隊來犯，因此在永洋克和端木皓帶領下進入了地下室，希望在此之前想辦法將封印復原或至少帶走法器。

聽畢薄野菱的解釋，端木皓和永洋克都大感震撼不已，畢竟「三柱」和人類以外的種族等訊息都顛覆了他們對世界的認知，而且眼前一切是如此真實，根本不由得他們懷疑。

自從踏進這地下室，永洋克便一直心悸不已，他感覺到盒中的物件正在呼喚他，就算他從未見過盒中物件，卻彷彿已與其有所聯繫。

「我進入這所學校，就是想一睹這封印之物，沒想到卻恰好遇上三柱陷落這大事。」薄野菱嘆道。

「三柱……也會死？」端木皓訝然問道。

「這只是世人對他們的稱呼，每一代都有不同人繼承這名號，他們的壽命無法以一般常識估算，但有形之物當然會經歷死亡。」唐橋義信解釋道。

「那他們死了會發生甚麼事？」永洋克表情沉重。

「他們掌握的龐大靈量會被釋放出來，在未出現新一名繼任者之前，三界的平衡會暫時被打破，無論人類、妖靈還是其他種族都會受影響。」唐橋義信說。

「如果三個都死了？」端木皓問道。

「從未發生過同時失去兩個或以上，但一口氣釋放這麼多靈量，地球應該完蛋了。」薄野菱輕描淡寫道。

「自從大半月前三柱之一突然在這附近逝去，我便奉命前來調查，相信與這件封印物有關係，沒想到還未引出幕後主事，卻已遭逢妖靈動亂。」唐橋義信嘆道。

「現在封印完全解開，引來的就不只是附近的小妖小怪。」薄野菱說。

端木皓和永洋克一直沒搭話，因為兩人都已知道，永洋克身上的力量根源是甚麼了。

當時出現在二人面前，並將力量給予他們的，一個是聖璃使者，另一位便是三柱之一。

雖然背後發生甚麼事情端木皓尚未能想通，但他亦不打算此時將一切告知唐橋義信和薄野菱，因為他還沒能完全信任兩人，畢竟以薄野菱的實力，如果他即場起歹念，憑他和永洋克，暫時絕沒法匹敵。

在端木皓思考這一切的時候，永洋克盯住桌上盒子，他終於明白為何自己會與那封印物有特殊連繫。

或許這一切的關鍵，就在他身上。

一想到此處，永洋克不自覺地往前踏出半步，唐橋義信和薄野菱馬上警惕起來，因為任何人嘗試接觸封印物，都可能引起反噬，同在一室的他們都會受到牽連。

「永洋克別動……」

薄野菱話說到一半，卻見永洋克停住腳步，然後舉起手掌隔空對著那錦盒。

地下室三根圓柱上的文字顯現光芒，一時之間所有人都看呆了眼，而永洋克神情木訥，眼睛始終沒有移開。

錦盒開始震動，封條化成飛灰，然後盒子「卜」一聲打開，當中的物件飛到了永洋克手中。

薄野菱心叫糟糕，全神貫注準備應付任何突發情況。

然而甚麼都沒有發生，永洋克凝視手裡握著的暗綠色短棍，觸感時而冷若鐵、時而暖如玉，物料不像現代任何一種已知物質，棍體上一道道刻紋看似紛亂，卻又帶有符號圖騰的美感。

「你有甚麼感覺嗎？」端木皓關切道。

永洋克凝視刻紋，在場只有他看得見，那如血脈流動隱約閃動的紅光。

「蓬！」

紫金色的火光亮起，永洋克就似握著火矩般站在地下室中央。

地下室的圓柱同樣閃耀光芒，薄野菱渾身一震望向永洋克，因為他終於看清楚了同班同學身上的奧秘。

突然改變的體質、能精準找出法器所在，這一切都指明了顯而易見的答案。

「你繼承了萬王的力量！」薄野菱脫口而出。

其餘三人為之一愕，但只有唐橋義信知道這句話意味著甚麼，他驚異地看著永洋克，確實，這是唯一對眼前狀況的解釋。

三柱之一的萬王，數星期前逝世的消息震撼三界，沒有人知道發生了甚麼事，萬王作為妖靈界巔峰已整整二百多年，當力量到了這境界，單憑戰鬥損傷根本沒可能致死。然而，相比萬王之死，隨後將發生的混亂才是三界最關切的。

在三界戰爭尚未爆發之際，人類之中居然出現了萬王的繼承者，看著永洋克手持曾經為萬王修煉之用的法器，薄野菱和唐橋義信都知道，眼前人就是讓三界重現和平的契機。

「唐橋，你應該會用封閉術吧。」薄野菱吐一口氣說。

唐橋義信點點頭，然後掏出符咒貼在三根圓柱上，口中唸唸有詞施法，未幾符紙發出光亮互相連結，形成三重障壁將他們四人包裹在內。

「這術式只能維持十五分鐘。」唐橋義信說。

在封閉術形成的護罩之中，法器的氣息暫時與外隔絕，因為接下來進行的事絕不能受外間騷擾，否則若被白夜哭此時衝進來，在場所有人都可能會有危險。

「好，永洋克你仔細聽好。這一件是你體內力量原主人的專用法器，只要學會使用它，你就可以慢慢掌握怎樣控制那股力量，但首先你需要將這法器融入你體內，不然法器的氣息只會不斷外洩，吸引妖靈和其他人來搶奪。」薄野菱說。

「吃了它嗎？」永洋克愕然道。

「你吞得下去可以試試看。」薄野菱沒好氣說。

「不然還有哪裡可以融入體內……」永洋克下意識退後半步。

「你這傢伙還挺欠揍的……」薄野菱罵道，「用精神跟法器連繫，想像把它與你體內的能量結合。」

永洋克依言閉上眼睛，然後感應法器。他與法器之間有種神妙的連結，只要在心中呼喚，法器便會給予回應。

法器的火焰顏色產生變化，閃爍不定更時而轉弱，唐橋義信專心施法維持護罩，但萬王法器的等級太高，以唐橋義信的能力只是勉強支撐，一切都必須速戰速決。

「你想像這法器是你身體一部分，就像手腳那樣。」薄野菱見狀加快引導。

永洋克點點頭，全神貫注感受體內能量流動，絲許能量沿著血管延伸往手臂，然後導入法器之中，將法器轉化成身體的一部分。憑著能量與法器交流，永洋克可以感覺到，那法器正回應他的想法，逐漸融進前臂之中。

薄野菱沒作聲打擾他，在他看來，區區人類不僅承受了萬王這級數的能量，還能如此順利與法器溝通，説明永洋克並不是常人之軀。

一所高中裡頭如此臥虎藏龍，果然法器的磁場就是會吸引不凡之人。

此時，通往地下室的長梯傳來了操場外的聲響，薄野菱皺起眉頭，那白夜哭居然這麼快便回來，在這緊要關頭，任何影響永洋克的因素都可能致命。

「端木少爺，跟我上去擋一擋吧，你在高層幫我掩護。」薄野菱説。

端木皓點點頭，唐橋義信開出一道缺口讓二人通過，永洋克渾然不知周遭發生甚麼事，他正專心致志將法器融入身體一部份。

學校操場上，白夜哭果然回來了，它帶著另外兩隻同族妖靈，長相極相似且同樣散發出危險氣息，它們惡狠狠地盯著薄野菱，而白夜哭更是一副恨不得將他生煎活剝的可怖表情。

「你這行為跟人類的小混混有甚麼區別？」薄野菱嘆道。

「吸血鬼，法器的氣息消失了，你把它藏到哪裡去？快交出來！」白夜哭說。

「這下子更像了，你有當黑道的潛質。」薄野菱失笑說。

「受死吧！」

白夜哭怒吼一聲，三頭上級妖靈同時發難，薄野菱身影一閃，避開迎面兩記爪擊，迴身一腳踢擊，借反震力拉開距離，然後雙掌合十向前方一劈，空氣被擠壓化成鐮刀狀，肉眼可見的風刃疾劈向白夜哭。

所有攻擊都在一瞬間完成，白夜哭沒有任何思考餘地，不想被風刃剖開，唯有全力硬拚一招。

「嘭！」

白夜哭被迫退數米遠，這時薄野菱全速衝向另一敵人，攤開雙掌指骨格格作響。

只見他雙掌如閃影快速揮動，就算是上級妖靈的眼力都完全追不上他的動作，那敵人根本沒法反應，胸口已被爪擊造成的風壓劃傷，身影不受控地滾往一旁。

「嗖！」

另一名敵人還欲偷襲，卻被端木皓的光箭精準擊中，痛得它怒嚎一聲退開幾步。

這三名來自同一種族的上級妖靈並非沒對付過吸血鬼，身為歷史上已出現好幾百年的異人類，較強的吸血鬼力量與上級妖靈相當，傳說中亦有一些堪稱怪物級數，不過常見的都只擁有中下階實力。

吸血鬼肉體成長及衰老速度較人類緩慢，大概六年才等同人類長一歲，眼前的薄野菱外表只在十六歲左右，若是先天吸血鬼，大概是人類近百歲，若是後天變成，則修為最多不過幾十年。吸血鬼的力量源自血脈繼承，因此每隔一代實力便愈差，近百年才出現的吸血鬼，大多數都只是異人類中下游水平。

此時薄野菱面對著三隻上級妖靈，雖說有端木皓掩護，但能以一敵三，這般實力還是充滿不合理之處，所以白夜哭才會連番失算，就算找來兩名同族助拳，竟還是奈何不了這吸血鬼。

「你到底是第幾代血脈的吸血鬼。」白夜哭肅容道。

「洞察力不錯。」薄野菱嘴角上揚說。

「看樣子應該是六代左右，奇怪，從沒聽說吸血鬼會跟聖璃使者聯手。」白夜哭的同族說。

「你猜猜看，其他聖璃使者甚麼時候會到？」薄野菱眼中閃過狡色。

白夜哭兩名同族馬上變色，聖璃使者背後的組織絕不可惹，可說是妖靈的剋星，亦是目前世界上最龐大的滅妖師組織。

「你是要把妖靈界的聖物拱手讓給人類嗎？」白夜哭怒道。

妖靈界有自己的規條，在白夜哭看來，吸血鬼雖為人類轉化而成，但異人類比較上更傾向是妖靈界的一份子，薄野菱選擇與人類聯手來奪取萬王的法器，這是絕不能原諒的，因此它怒不可遏立即出手，連同兩名伙伴誓要將法器搶回來。

「老三，你去殺了那聖璃使者！」

三妖中的一個應聲離隊，並衝向端木皓所在，薄野菱還欲阻止，但兩名上級妖靈已全力撲向他，無可奈何下他唯有先應付眼前強敵。

端木皓一早已猜到對方會來對付他，所以先前一箭得手便馬上遠離原來位置，果不然一陣玻璃爆碎的聲音，妖靈已跳進了二樓課室內，並撞破木門衝進走廊，四處尋找端木皓的身影。

「嗖！」

一道光箭從上方射來，妖靈連忙側頭閃避，但仍被擦中額角，痛得它仰天怒嚎，龐大身軀一躍便到了對面的走廊，然而卻不見任何人影。

妖靈並沒看錯攻擊來勢，但當它趕到時，現場根本沒有半點人類氣息，情形令它大感詫異。

「嗖！」

又是一記冷箭，且方向與先前完全不同，就算妖靈有了心理準備，還是難以完全避開，它全速撲向四樓課室，玻璃窗戶盡碎，然而教室內空無一人，仍然不見那暗處狙擊的聖璃使者。

一個人是絕不可能同時出現在不同地方，而聖璃的能力亦沒聽過有瞬間移動，因此，當中必定另有機關。

妖靈冷靜下來，它放棄尋找端木皓的蹤影，而是把感官集中來感應攻擊。

光箭襲來，這次妖靈看清楚了，它避開攻擊後跳往那一層，終看見夾在窗戶邊那塊鏡子碎片。

原來是利用鏡片折射光箭來改變方向，妖靈心中暗罵，沒想到自己竟被對方的小聰明戲耍。因為鏡片能反射的角度有限，所以端木皓只能等妖靈走到合適位置時才放箭，而剛好妖靈專注搜索他的蹤影，才會不自覺著了道兒。

這時妖靈裝作還未發現這機關，在走廊裡急躁地找人，故意露出破綻引誘端木皓出手。二樓後樓梯旁丁點光亮一閃而逝，妖靈沒放過這點破綻，全力一躍飛快掠往端木皓所在。

就是端木皓調整鏡片的一瞬間，曝露了他所在位置，妖靈撞入美術室，木門碎開顯露出滿臉驚愕的端木皓，妖靈猙獰一笑猝然出手，雙爪直取他頸喉及心胸要害。

「哐啷！」

妖靈一臉愕然，雙爪擊中之處盡化成漫天玻璃碎，躲在美術室角落的端木皓在妖靈背後躍起，右前臂形成盾牌，對準妖靈後腦全力敲下去。

「嘭！」

後腦被擊中，妖靈吃痛跌倒，聖璃聖光後勁被引發，腦袋受重創下妖靈暈頭轉向，卻仍然未被擊倒。

它一臉怒色瞪向端木皓，沒想到自己再被算計，端木皓看穿它發現鏡片反射的技倆，故意利用美術室裡的連身鏡，再一次以鏡像反射騙倒它，並對準破綻施以重擊。

「狡猾的人類，哪來這麼多鏡子！」妖靈惱羞成怒説。

「介紹你一套老電影，《龍爭虎鬥》。」端木皓邊後退邊説。

「嘿，攻擊力太弱了，去死吧！」

妖靈利爪迎面襲來，端木皓舉起盾牌擋格，反震力大得令他整個人從美術室飛了出去，更越過走廊欄杆往下墜落。

那妖靈從後追上，同樣躍出走廊，長爪從上空籠罩端木皓頭顱。

就在此時，一道人影在地面躍起，捉住端木皓的後領拋往一旁，然後拳頭仰天轟出。

「蓬！」

身在空中的妖靈無處借力，硬吃一拳被震往更高空，蓄勢待發的拳力竟讓上級妖靈都感到吃不消，聖璃光箭的傷亦再度發作，妖靈頓感兩股外力在體內亂衝亂撞。

永洋克如同脱胎換骨，雙目精芒內蘊，渾身充滿澎湃的力量。

「你來補刀吧！」永洋克朝端木皓説。

端木皓點點頭，瞄準空中的妖靈拉滿弓，必殺一發光箭霍然射出。

就算是上級妖靈，亦避不開兩人連環出手，光箭透體而出，妖靈劇痛慘叫，聲音響徹整個校園。

操場上薄野菱正以一敵二，兩名上級妖靈出盡全力，卻是半點奈何不了他，這讓白夜哭心裡更是驚詫，感覺到薄野菱的底細愈發深不可測。

同伴的慘叫傳入兩名妖靈耳中，白夜哭不禁皺眉，那聖璃使者它曾與之交手，實力比起傳聞可謂差去甚遠，就算加上另一個小鬼，想必同伴亦是游刃有餘，但現在吃虧的居然是己方，説明這夜學校中潛藏的勢力已超出它能力範圍。

這時唐橋義信亦在操場現身，他手中符咒對妖靈有一定鎮壓作用，兩上級妖靈都感到精神受到影響。

能稱霸一方，白夜哭絕非魯莽之徒，它當機立斷示意同伴撤退，兩妖同時閃開，並前往營救同伴。

薄野菱沒有阻止白夜哭的意圖，他望向端木皓的方向，果見白夜哭挾著同伴全速離去，而端木皓和永洋克則安然無恙走了過來。

「你感覺如何？」薄野菱驚異地看著他。

「好像有點餓。」永洋克一臉輕鬆說。

作為三柱之一，萬王的能量就算是上級妖靈都絕對吃不消，薄野菱自問亦沒可能抵受得住，但繼承了萬王力量的永洋克，把法器順利吸收後卻絲毫沒受影響，連半點異狀都沒有，就算縱觀異人類和妖靈，亦不曾聽說過如此強壯的體格。

薄野菱不禁好奇，究竟這班級裡的不良少年是甚麼來頭。

「今夜之後，看來這一帶要不太平了。」唐橋義信收起所有符咒說。

「白夜哭還敢再來嗎？」永洋克奇道。

「妖靈界有自己的規則，白夜哭失敗的消息將會傳遍開去，還有妖靈界的聖物萬王法器現身，恐怕接下來事情會愈來愈多。」唐橋義信嘆道。

「我有很多事情想問，你們暫時不要離開。」端木皓說。

「端木少爺命令我怎麼敢不聽，放心，我畢業前都不會走的。」薄野菱笑說。

「全校幾乎沒有玻璃窗完好，明天不用來了，我們約在校外見面？」永洋克說。

「你這不良仔想拉我們一起逃學？喂，我在學校很乖的好不好。」薄野菱說。

「呃……其實你幾歲了，我該叫一聲叔叔嗎？」永洋克搔頭說。

薄野菱殺氣大盛，手指骨格格作響。

「我家在大街那邊有一棟大樓，現在整修，沒有人使用，明天那邊見。」端木皓說。

聽見連端木皓都決定逃學，眾人還哪有意見，問明地址後便相約隔天下午碰頭。

這一夜聖羅莎書院之戰在妖靈間傳了開去，白夜哭折損而回，萬王法器流落人類手上，方圓百里的妖靈都被驚動，膽怯的小妖們準備搬去較遠的地方，因為接下來無論是上級怪物或滅妖師的組織都將會空群出動，這片土地難免要成為各方爭鬥的戰場。

法器埋藏在校園地底這件事原來並不是秘密，不過萬王在世時，哪有妖靈敢去動歪腦筋？直到萬王消散後，靈量波動震盪三界，所有妖靈馬上蠢蠢欲動，位處最近的白夜哭本以為近水樓台，卻沒想到賠了夫人又折兵，連累兩名同族都受傷而回。

三名上級妖靈剛回到根據地，便看見眼前駭目驚心的一幕。

森林附近所有棲息的妖靈全被殺死，平常就算白夜哭橫行霸道，也不會如此毫無目的地濫殺無辜，眼前一片屍橫遍野，白夜哭心裡直往下沉，往前的腳步亦重如鉛墜。

前方的背影並不高大，身型只和普通人類相若，但即使沒有任何動作，白夜哭和兩名同族卻清晰地感受到死亡威脅。樹林中僅聽見風吹葉動，在距離那背影的五十米外，白夜哭不敢再踏前半步，這時背影的主人亦緩緩轉過身來。

「百年修為得來不易，何苦要自尋絕路。」

外表約是三十餘歲的人類女性，服飾樸實無華，卻掩不住飄逸長髮散發出的艷色，她眼珠帶玫紅色，站在滿是妖靈屍體的林木之中，三名高大的上級妖靈卻隱約流露怯意，畫面實在詭異得很。

「你也是吸血鬼……！」白夜哭驚道。

「我也？」

吸血鬼表情閃過好奇，她腳步一跳，人已到了三隻妖靈面前，白夜哭兩名同族本能性地作出攻擊，無論是妖靈、動物還是人類，遇到死亡威脅時便下意識地反抗。

白夜哭制止不及，吸血鬼嘴角一揚意帶嘲弄，她一秒間雙手插穿了兩隻妖靈的軀體，象徵妖靈生命的核心頓被她捏在手裡。

「除了我，還有其他吸血鬼在找那法器？」

雖說三名上級妖靈有傷在身，但這壓倒性的差距令白夜哭瞬間意識到，眼前的才是真正傳說中的吸血鬼，薄野菱與之相比，根本不足為懼。

絕不可死在今夜此地，白夜哭激起了求生意志，這吸血鬼並沒立即殺死兩名同伴，想必是打算先問出所有情報。

「有一個潛伏在學校裡當學生，實力來看應該是你們的六代血脈。」白夜哭冷靜地回答。

「哦？如果真是六代，你們的傷應該要再重一點。」吸血鬼微笑道。

「讓我們助你去取那法器吧，現在我只想宰了那幾個小子。」白夜哭談判說。

「為甚麼我需要你們？」吸血鬼一臉不屑。

「除了吸血鬼，還有聖璃使者和陰陽師，更別提那些正趕來此處的大妖，沒有我們分散注意力，你就要獨自面對。」白夜哭痛陳利害說。

吸血鬼瞇起眼，長長的睫毛如有生命般抖動，她當然知道白夜哭即將面對各方妖靈來搶奪地盤，因此它亦有找靠山的意圖，而若果法器牽涉到聖璃教和陰陽師兩大滅妖組織，憑她孤身一人確實有點吃力。

想了半秒，她抽走手臂放開了兩名妖靈，上級妖靈虛弱地跪倒地上，哪有半點平常的威風。

「今天起，你們三個就聽我指示。」吸血鬼一撥秀髮說。

「敢問尊駕名號。」白夜哭暗鬆一口氣問道。

「伊若蘭葵。」

三名上級妖靈同時渾身劇震，白夜哭已有百年修為，但經驗不足以彌補先天的差距。伊若蘭葵被譽為是近百年最出類拔萃的混血異人類，她由吸血鬼與妖靈所生，是第五代的吸血鬼血脈，早在數十年前便名震妖靈界，敗在她手上的上級妖靈多如繁星。

至此白夜哭心服口服，與兩名同族甘願為伊若蘭葵所用。

端木家族涉足不同產業，包括不動產、高科技研發、金融等等，城中不少企業背後都有端木家的蹤影。

四個高中生齊集商店街旁，這裡最高的一棟大樓正是端木家族所擁有，端木皓領著他們進入，坐上專屬的升降機到達頂層，雖然整個樓層都在整修之中，但一望無際的景觀還是令人眼前一亮。

「有時候我都忘了你家有多誇張。」永洋克讚嘆道。

「你記憶力是不是有問題呀？同學名字也記不住。」薄野菱沒好氣道。

「你記得我叫甚麼嗎？」唐橋義信好奇道。

「……唐朝……義勇？」永洋克額角冒汗說。

其餘三人一臉無言看著他，因為他們都知道，永洋克並不是在開玩笑。

「說起上來，剛認識你時老是喊我端午皓，我還以為你是故意的，明明我家的招牌到處都是。」端木皓說。

「好了，今天不是來聊這個的。」永洋克馬上扯開話題。

「今天的主角是你，萬王繼承人。」薄野菱說。

薄野菱把一些背景資料告訴端木皓和永洋克，他們兩個對妖靈界仍是一知半解，而薄野菱作為異人類，所知的比陰陽師世家都要多，因此他便擔當起講師的角色。

基本上，近數百年人類與妖靈勉強維持和平相處，雙方都盡量不干涉彼此的世界，不過這幾十年卻漸有嫌隙。妖靈由大自然產生，人類過度發展侵害環境，同時亦會破壞妖靈的棲息地，因此便多了妖靈失控傷害人類的事故。人類中唯有滅妖師能與妖靈匹敵，兩界的紛爭便由滅妖師首當其衝，滅妖師剷除失控妖靈，妖靈向人類報復，兩界關係墮入惡性循環。

除了大自然產生的妖靈，所有曾由人類轉變，或是體內流著人類血脈的都被稱為異人類，這些不容於人類社會的族群要麼選擇隱藏人群之中，要麼便流落妖靈界，很多壽命逾百歲的異人類早就脫離了社會制約，因此一般亦被視為妖靈界一員。

三界之中最神秘的便是四空界，屬四空界的一概都是神話傳說，相關故事數千年來存在於人類各地古文明中。四空界由星球最早出現的靈量轉化種族所建立，遠古時代久經戰亂動輒毀天滅地，到後來擺脫人世束縛另覓空間而居，三界才終於達到靈量平衡。

世界初代的三柱，便是四空界三名儼若神明的元老。

不過，對於現代人類和妖靈而言，這些更似是古代宗教故事，至於真實的四空界，現世所知者不多，親身體驗過的更是屈指可數。

「你意思……是這些星球大戰級別的能量，現在正藏在我體內……？」永洋克難以置信道。

「不太對，但姑且當是這樣吧。」薄野菱說。

永洋克呆愕看著自己雙手，他確實能感覺到體質變化愈來愈多，只是沒想到這股力量來頭竟然這般厲害，直到此刻，他才真正明白自己已不再是普通人類了。

「我……會變成異人類嗎？」永洋克問道。

「我連你本來是不是人類都不是很確定。」薄野菱坦然說。

「他的意思是，一般人類沒可能承受得住萬王的力量，所以你的體質肯定異於常人。」唐橋義信解釋道。

端木皓看著友人的神色，雖然他們都得到了遠超人類的能力，不過永洋克卻是身體被徹底改變，將來能否回復成普通人類，一切仍是未知之數，所以他能想像友人此刻心裡如何翻天覆地。

人類變成異人類，從古到今都是悲劇故事，由獵巫時期開始，人性始終懼怕未知事物，所有異人類都經歷過迫害或遭社會唾棄，這亦是為甚麼異人類多數都選擇棲身妖靈界。

在場只有薄野菱知道永洋克將面對甚麼困難，無論是陰陽師或是涉世未深的端木皓，對著薄野菱都仍然心存警覺，這是人類對於非我族裔的防範之心，薄野菱對此早已習慣，這便是每一名異人類都需要面對的課題之一。

眾人看著永洋克，他思考了一會兒便放下了雙手，然後抬起頭面對三名同班同學。

「現在不是流行超級英雄嗎？反正我小時候便幻想變成騎士阿爾法。」永洋克灑然道。

「你的事情慢慢再想吧，我們現在要考慮的是怎麼樣應付接下來的妖靈。」薄野菱說。

「在那之前，我需要問一個問題。」唐橋義信說。

薄野菱微笑望向他，看來已猜到他想問的是甚麼。

「以你的能力，為甚麼還留下來幫忙？我看其他妖靈不會想節外生枝，你隨時都可以遠離這些麻煩。」唐橋義信嚴肅說。

「學期中才轉學太難了，而且我還蠻喜歡這裡的同學。」薄野菱說。

這答案避重就輕，當然無法釋除唐橋義信的疑慮，畢竟陰陽師屬於滅妖師團體，自然會較為提防吸血鬼。

不過，薄野菱確實保護了學校和同學的性命，還指導永洋克吸收萬王法器，若單純為搶法器而來，他們三人合力亦未必阻得了他。

「你都幾百歲了，還上甚麼學。」永洋克奇道。

永洋克說話不轉彎，反倒緩和了氣氛，且問出了最關鍵的一題。

「我是小時候被迫變成這樣的，每六年才長一歲，所以用人類年齡來算我才十六歲……」薄野菱氣結道。

「你是幾歲變的？」永洋克一臉訝異。

「你這六十多歲的老頭，平常還裝可愛，噁。」永洋克表情像嗅到甚麼腐爛東西。

「六歲那年。」

「嘭！」

薄野菱一個閃身，拳頭結結實實打在永洋克小腹上。

端木皓和唐橋義信都沒有阻止，有時候人不能太直白，被打也是活該。

永洋克摀住肚躺在地上，其餘三人需要討論更重要的議題，關於薄野菱的身份問題，只能先擱置一旁。

自從封印解除、法器被永洋克融入體內後，校園範圍再無屏障，所有妖靈都可以隨意出入。作為法器最後出現的地點，肯定還會有上級妖靈潛入校內打聽消息，在其他滅妖師團體到達之前，能夠保護學校的便只有他們幾個。

「我已經通知了附近一帶的註冊滅妖師，在援兵趕到之前希望不要出現太強的妖靈吧。」唐橋義信說。

「你真的沒辦法找聖璃教的人來？」薄野菱轉向端木皓問道。

「沒辦法。」端木皓搖頭。

「那你們之前是怎麼知道法器的事？」薄野菱奇道。

「我有線眼。」端木皓指了指窗外。

自從薄野菱揭露身份之後，有他在場時小猴妖馬丁便不敢靠近，它躲在窗外偷看室內，剛好和薄野菱眼神接觸，嚇得馬丁驚叫一聲拍翼飛遠。

「就是這隻好色猴國？我還以為是有特殊癖好在偷窺甚麼，怪不得很多情報都是錯的。」薄野菱失笑說。

「接下來有甚麼提議？」端木皓問。

「幸好法器的氣息已經完全消失，所以那些想打主意的傢伙只會暗地裡打聽，盡量小心，留意任何可疑的地方，至於永洋克你就最好快點學會怎樣使用萬王的力量，最起碼也千萬別洩漏法器的氣息。」薄野菱說。

「直接炸了學校不就好了。」永洋克揉著肚皮說。

「甚麼鬼？」薄野菱失笑問道。

「如果學校被毀，師生都無法上學，那就不用保護了，而妖靈亦無法再查探出甚麼，不就一石二鳥？」永洋克理所當然說。

眾人聽畢一呆，雖然有點離譜，但卻不無合理之處。

「雖然說很多學生都夢想把學校炸了，但好像不太現實吧。」唐橋義信呆道。

「總之想辦法讓學校關閉不就行了，譬如把那幾個主力牆敲爛，這種老建築馬上變危樓，不就能暫時趕走所有師生。」永洋克說。

「怎麼聽上去好像你策劃很久了？」薄野菱說。

「我家裡有建築公司，如果想用炸的，可以找找看工業用的炸藥。」端木皓說。

「你居然同意?!」薄野菱驚道。

「我們半夜實行就沒人會受傷，成本低效果好，也是一個好想法吧？」端木皓不解道。

「你們兩個腦袋真的不正常……」薄野菱搖頭說。

「讀幾十年中學更不正常吧。」永洋克不以為然說。

說罷永洋克又吃了一記勾拳，整個人悶哼一聲跪倒在地上。身為這個地區最有名氣的不良少年之一，永洋克這時的模樣教人難以想像，端木皓從口袋裡拿出電話，一口氣便拍了好幾張照片。

「如果到時候被發現了，我就說是你指示的吧。」薄野菱對永洋克說。

永洋克痛得把頭埋在地上，聞言肩膀輕顫勉強抬起手舉了大拇指。

那晚白夜哭來襲導致學校很多玻璃窗碎裂，和校內設施多處損毀，校方被迫停課之餘，還得報警求助，於是一連幾天全校學生都沒法上課，直到緊急維修完成後才重新復課。

附近一帶發生太多怪事，普通人類都紛紛察覺不對勁，只要是稍有靈覺的人，都能感應到空氣之中飄散的不尋常氣息，但大多數人都只會當作是身體不適而沒去深究。

世界各國的政府都很清楚妖靈界的存在，有些國家更會成立專門部隊處理相關案件，更多的便是選擇與當地的滅妖師組織長期合作；像京都，陰陽師家族便等同半官方的滅妖代表。

這城市的紛擾開始引來其他滅妖師，活躍附近一帶的獨立註冊人員在商店大街巡邏，晚上更能看見一堆和尚道士在散步，居民們嘖嘖稱奇，但對少數知情者來說，這些都是大事即將發生的先兆。

終於學校重開，同學們齊集校園，班級裡所有人都在討論連日發生的事件，各種都市傳聞、陰謀論此起彼落，薄野菱依舊是那副討人喜歡的模樣，還興高采烈地分享他遇到的奇人奇事。

「我親眼看著那個和尚點了一份漢堡，還是用英語點的。」薄野菱瞪大雙眼說。

「那和尚是外國人？」

「對，是個黑人。」

「真的假的?!」

坐在後排的永洋克大反白眼，就算是端木皓和唐橋義信，得知薄野菱真面目後，此時再看他的「表演」亦是另有一番感受。

白夜哭來襲那晚，幾名同學夜潛校園探險，薄野菱擔心他們的安危所以決定隨行，事後幾人被安然送回家，當晚的記憶更是迷迷糊糊，對永洋克的舉動已記得不太清楚。

班主任走了進來，同學們才慢慢安靜，課室重拾日常節奏，老師台上講課，底下陣陣抄寫聲，殊不知課室之中有四名學生，竟然正想辦法令學校關閉。

「對了，英文老師生病暫時無法上課，有一位新的代課老師等一下會來，你們守規矩別嚇壞新老師。」班主任說。

學期中才出現新老師，同學們都被勾起了興趣，課堂鐘聲響起，下一節便是英文課，所有人都熱烈討論新老師到底會是甚麼樣。

一陣輕盈的腳步聲，高跟鞋敲打地板發出清脆的節奏，隨著女老師步進課室，烏黑長髮一晃，課室內所有人突然靜了下去。

「大家好，我是你們的代課老師。」

即使是戴著眼鏡，身穿樸素的長裙，仍難掩她令人目不轉睛的美貌，無論是男女學生，此刻都不期然看呆了眼。

新老師展現笑顏，很多男學生瞬間心臟中箭，當她把目光放在薄野菱身上時，兩人四目交投，血脈氣息在同族面前完全無法隱藏。

「我的名字是伊蘭，多多指教。」

薄野菱心如鉛墜，連其餘三人都察覺出他的情緒變化。

未等他們實行任何關閉學校的計劃，棘手的敵人竟然來到了面前。

這一節英文課眾學生都上得份外投入，伊蘭老師英語是外國人水平，兼且她教學方式非常特別，令本來沉悶的英語課生動無比，直到下課鐘聲響起，學生們才驟覺時間過得這般快。

「好了，回去記得要做練習啊！」伊蘭老師親切微笑。

單單一節課，新來的代課老師便俘虜了眾人的心。不過，薄野菱的臉色卻是難看得要命。

吸血鬼之間是無法隱藏身份的，由於他們的血來自同一名始祖，血脈獨有氣息難以掩蓋，就算未必分辨得出屬於哪一代血脈，但每名吸血鬼都必定嗅得出同族。

因此，一個照面薄野菱和伊蘭便立即知道彼此身份，而伊蘭的外表和名字更馬上令薄野菱聯想到一位著名的吸血鬼。

當他把這件事告訴其他三人時，端木皓似乎一點都不訝異。

「老師進來後，我那顆石便不斷傳來震動，想必這老師並非普通人，不過她課教得確實很好。」端木皓說。

「教課好不是重點……」永洋克無奈道。

「如果真的是伊若蘭葵……事情大大不妙……」唐橋義信皺眉說。

「對，我也想到這問題，就算她知道要進學校查探，又怎麼會剛巧進了我們班？肯定是有人告訴她我們幾個的身份。」薄野菱沉聲說。

「馬丁，你有沒有聽說甚麼？」端木皓問他肩上的猴妖。

「端木大人，我只聽說白夜哭的根據地被滅了，而白夜哭三個上級妖靈都不知所蹤。」馬丁怯生生道。

「你現在能進來了，不要趁機偷窺。」永洋克笑道。

馬丁聽畢大急，但它明顯懼怕薄野菱和唐橋義信，只躲在端木皓背後不敢反駁，更不敢提當初說好讓它偷看女更衣室的事。

「白夜哭要不死了，要不就是被伊若蘭葵收服了。」唐橋義信說。

「既然你們是同族，能去談判一下嗎？」永洋克問薄野菱。

「你跟同學們本來也是同族呀，溝通得好嗎？」薄野菱沒好氣說。

「我只認識他們一兩年，如果有幾十年相信會更好。」永洋克理所當然說。

聽見永洋克又有意無意暗諷他的年齡，薄野菱舉起了拳頭，然後咬了咬牙放下來，免得又被岔開話題。

「伊若蘭葵在吸血鬼裡也是惡名遠昭，她向來無寶不落，幾十年來殺傷滅妖師無數，始終沒人能對付她。」唐橋義信說。

「她會有甚麼弱點嗎？」端木皓問薄野菱。

「你們人類不是說蒜頭洋蔥嗎，你去試一下好了。」薄野菱不耐煩道。

說罷他似乎不想再聊下去，一個人先行離開，眾人都對此大感奇怪。

「他好像不喜歡提到吸血鬼的事。」永洋克說。

「對，可能與他過去有關吧。」端木皓點頭說。

這兩人思路敏捷，連貌似講話不加思索的永洋克，實際上亦觀察入微，這些都讓唐橋義信頗為意外。

「我成長的環境就是學習如何對付妖靈，但薄野菱和我認知的吸血鬼有點不同。」唐橋義信說。

「起碼他想保護同學的心，應該不假。」永洋克說。

「現在學校裡多了個吸血鬼老師，我們也要小心點別走漏風聲。」端木皓說。

唐橋義信和永洋克點點頭，因為對伊若蘭葵來説，全校師生等同是她手上的籌碼，若果她發現四人有關閉學校的打算，必定會全力阻止。

化名伊蘭老師的伊若蘭葵長相端麗雅致，她打扮非常樸實，氣質亦平易近人，短短數日之間便大受師生歡迎，若不是知悉她的真正身份，四人都覺得甚難對她生出惡感。

放學後端木皓完成風紀隊長的職務後，正準備離開學校時，伊若蘭葵的身影出現在他面前。雖説校內沒剩多少人，但估計她沒打算在這時動手，因此端木皓稍為平復心情，神色冷靜迎了上去。

「伊老師再見。」端木皓如平常般點頭。

「端木同學，能問你一件事情嗎？」伊若蘭葵言笑晏晏。

「老師請説。」端木皓還是保持一貫形象。

「萬王法器在你身上嗎？」

伊若蘭葵氣息説變就變，靈量波動的覆蓋範圍遠至校外山頭，樹林中的鳥群受驚飛起，端木皓立即如置身暴濤之中的孤舟，背部一瞬間已被冷汗沾濕。

受威脅之下，端木皓的聖璃石自動現身，黃色光芒包裹著他。

「哦？風紀隊長竟然是聖璃教的使者，那肯定不是你了。」伊若蘭葵眉毛一揚說。

端木皓暗呼大意，就算她不即場動手，能試探他的方法還多的是，果然在年過百歲的吸血鬼面前，自己還是太幼嫩了。

這時，永洋克的身影從校門外步出，而伊若蘭葵敏銳的觸覺亦立即感應得到，舊校舍建築上方正有人以法力鎖定了她，頓成三對一的包圍之局。

「不用試探了，法器已經被我吃掉。」永洋克哼聲說。

伊若蘭葵臉色微變，雙眼盯著永洋克不放，仔細觀察他表情變化想確定他有否說謊。

端木皓心裡一震，沒想到永洋克就這樣自揭底牌，這不是平白送情報給對方嗎？

「那我只能割開你肚皮取出來。」伊若蘭葵瞇眼展開笑容。

「老太婆，要拿就現在來拿吧。」永洋克踏前一步說。

伊若蘭葵瞳孔轉紅，瞪大雙眼渾身殺氣大盛，端木皓和永洋克幾乎連眼睛都睜不開。

「小鬼，這麼想死？我成全你。」

伊若蘭葵身影一晃，手指指甲已劃向永洋克咽喉，快得唐橋義信根本來不及反應。

「法器已消失了。」永洋克一口氣說道。

指甲停在永洋克喉結前，一滴血沿著頸項流下，癢得如遭蟲蟻攀爬。

「不是被你吃了嗎？」伊若蘭葵森然說。

「封印破除後法器永遠消失了，不然我們幾個小子怎麼可能拿得走。」永洋克睜大眼說瞎話。

「哼，憑你也想騙我？」伊若蘭葵冷笑說。

「你覺得我們十幾歲的人，有可能承受得了萬王的法器嗎？法器就在學校地底消失，你大可以自己去看看，入口就在禮堂下的雜物房。」永洋克以退為進說。

「那你們還和白夜哭打甚麼。」伊若蘭葵絲毫不為所動。

「我們只是想保護學校，等聖璃教和陰陽師的人來重新結下封印，就不怕你們再來了。」永洋克一副慷慨赴義的模樣。

伊若蘭葵不作聲盯著永洋克，其實他說的話嚴格來說不算撒謊，所以態度沒有丁點心虛，唬得連伊若蘭葵都遲疑起來。

這時候訓導主任步出校舍，伊若蘭葵收起指甲，神色眨眼便變回那親切秀麗的代課老師。

「永洋克，沒給伊老師麻煩吧。」訓導主任皺眉望向永洋克。

「沒有沒有，我們在聊今天的課而已。」伊若蘭葵堆起笑臉說。

看見端木皓也在這裡，訓導主任便沒再深究，瞪了永洋克一眼後便和伊若蘭葵告別。

待訓導主任走後，伊若蘭葵似乎亦失去了動手的意欲，她態度一改微笑退開兩步，並朝唐橋義信的所在瞟了一眼。

「如果我發現你在騙我，我就殺光學校裡所有人。」伊若蘭葵平淡地說。

直到她身影消失在校門外，那股駭人的威壓才徹底消失。

端木皓長舒一口氣，剛才聖璃石不斷凝聚力量，差點便抵受不住壓力而出手，這顆神奇的晶石雖然能保護他，但有時候端木皓還是不太清楚如何才能好好控制這股力量。

「你為甚麼要跟她說這些話？」端木皓皺眉問道。

親身面對過之後，端木皓便得悉伊若蘭葵的實力遠在白夜哭之上，憑他們幾個別說要保護學校，恐怕連自保都成問題，所以這緩兵之計一個使用不當，惹來的可不只是殺身之禍。

「剛才唐朝收到消息了，明天陰陽師和其他滅妖師就會趕到。」永洋克說。

「那直接把她趕走就行了，為甚麼要……你不會是想……」端木皓變色道。

他了解永洋克的性格，因此他立即想到永洋克並不喜歡假手於人，故意撒謊當然另有目的。

「她肯定會去打聽滅妖師的消息，當她知道陰陽師明天便會到，就間接證明我沒有騙她，果然有人正趕來修復封印。所以她今晚一定會潛進學校地牢查探，希望在那些滅妖師動手之前查出法器下落。」永洋克點頭說。

「吸血鬼加上三隻上級妖靈，我們應付不了的。」端木皓皺眉說。

「誰說要正面硬撼？依吸血鬼和白夜哭臨時建立的關係，她肯定會獨自深入地牢。」永洋克嘴角上揚。

這時唐橋義信步近二人，一聽便知永洋克正在向端木皓推銷他的大計。

「你這瘋子……唐橋你知情嗎？」端木皓搖頭嘆道。

「哈哈，可能是被你們傳染了，我倒覺得頗有一試的價值。」唐橋義信欣然笑道。

「好了，剩下就是老頭子了，只要他加入，今晚活埋伊莉羅蘭萬無一失！」永洋克握拳說。

端木皓和唐橋義信一臉無言看著他，而本人仍沒察覺講錯了甚麼。

「是伊若蘭葵。」唐橋義信禮貌性地提點。

「我說了甚麼？」永洋克呆道。

「說對兩個字，很接近了。」

端木皓拍了拍他肩膀，然後越過他步出校門口。

數百年來，吸血鬼的傳説已是人類社會的老生常談，到了現代，種族的故事更成了小説影視題材，各種遠離現實的錯誤認知反成了家喻戶曉的常識，譬如不能照日光、可以變成蝙蝠、怕蒜味等等。

人們不知道的是，這些都是故意創造出來的刻板印象，用以掩飾吸血鬼真正的姿態。

社會上有完全融入人類群體的吸血鬼，且多為上流貴族，掌控財富與資源。然而更多的是桀驁難馴之輩，像薄野菱般崇尚自由的並不在少數，就算在妖靈界之中，吸血鬼也是以各自為政著稱的種族。

所以，吸血鬼彼此之間交集甚少，除了家屬關係，不太會見到吸血鬼們聯群結隊。

這時薄野菱得知了永洋克的計劃，就算他心智年齡才十六歲左右，畢竟已有數十年人生經驗，對於永洋克的膽大妄為還是頗感吃不消。

「甚麼？炸舊校舍順便把伊若蘭葵活埋？」薄野菱失聲説。

「按照原計劃，再一石三鳥，剛剛好。」永洋克點頭説。

「竟然主動招惹伊若蘭葵，你這小子真以為自己刀槍不入？」薄野菱嘆道。

「你覺得滅妖師明天趕到，她會不會知難而退？」永洋克反問道。

薄野菱頓時明白過來，並坦誠地搖搖頭，以伊若蘭葵這級數的吸血鬼，確實不會因區區幾個滅妖師而退卻，反而極可能為了阻止滅妖師復原封印而大開殺戒。

「只有增加她留下來的成本，才能迫得她自行選擇離去，而她亦是我們給其他妖靈最有效的警告。」永洋克肅容說。

永洋克說得不無道理，法器的存在只會不斷吸引其他妖靈，但若果連惡名遠播的伊若蘭葵都無功而回，至少已能發揮恫嚇作用，讓其他妖靈先估量一下自己的斤兩。

「好呀，你講得這麼厲害，如何實施呢？你身上綁炸彈衝進去？」薄野菱雙手叉腰問道。

「我們四個人，三塊主力牆壁，加上端木皓現在去偷的工業炸藥，就像我們之前想的那樣，只要同一時間動手就可以了，女吸血鬼再快都來不及逃吧。」永洋克說。

薄野菱神色一動，他這時意識到永洋克並非一時衝動，而是經過深思熟慮得出這結論，令他亦不得不深思其可行性。

原本他們只打算令校舍不適宜開放，現在的分別是他們當真有需要令整幢建築倒塌，掩蓋地底秘洞之餘再弄得伊若蘭葵焦頭爛額，換言之在拆毀校舍之餘，還絕對不可有任何風吹草動，令伊若蘭葵提前警覺。

「唔……的確，伊若蘭葵丟下白夜哭獨自行動的可能性很高，但關鍵是如何把握時機。」薄野菱沉吟說。

永洋克胸有成竹地把想法告訴他，聽上去很亂來，但卻考慮到了各種因素，令薄野菱亦漸被說服，思考良久後終於點頭。

「好吧，就信你這萬王繼承人一次。」薄野菱說。

四人這邊廂達成了共識，回去便立即制定晚上行動的計劃。據薄野菱所說，伊若蘭葵行事非常小心謹慎，因此預早潛伏在校園並非上策，若然被警覺性高的她發現任何蛛絲馬跡，計劃便會馬上失敗。

然而，四人必須把握伊若蘭葵進入地牢的時機，換言之他們必須監視校園四周的動靜。

因此，他們需要找個陌生臉孔，兼且伊若蘭葵不會注意的對象來執行這項任務。

夜幕低垂，校園每逢晚上便諸多事端，上次校舍玻璃窗爆碎後，校方已通報警局，安全起見財叔亦暫時不留校，因此附近加派了巡警，校門外每隔一段時間便能看見警車駛過。

人類的防範心對妖靈來說形同虛設，失去了封印後，妖靈們把學校當成旅遊景點，晚上常見大批小妖進出，萬王法器之名吸引力實在太大，若能僥倖找到任何殘留的靈量，只需一丁點便勝過它們修煉百載。

月色之下，婀娜多姿的身影掠進了校園範圍，四周的小妖紛紛退開，伊若蘭葵換上了自己的裝束，氣質與日間時相比簡直判若兩人。

她看都沒看周圍驚慌失措的小妖，筆直朝著禮堂走去，這些注視目光她早已習慣，螻蟻再多亦影響不了她即將要做的事情。

在芸芸小妖之中，馬丁細小的身軀隱藏得非常好，它拿著一個小電筒，待伊若蘭葵步入梯間後便朝校門外發射燈光訊號。

伊若蘭葵走進禮堂，然後很快便找到了台下的雜物房，馬丁偷偷觀察她的動向，果然白夜哭等妖靈並沒陪同前來，而她亦未發現有小妖正在監視。

一切如永洋克所料，等到伊若蘭葵進入那密封的雜物房後，馬丁便打出訊號提示四人行動。

四道身影出現在操場之中，由於暗道通風口能聽見操場上的聲音，他們都需要份外注意步伐。

薄野菱腳步最輕，他提著端木皓帶來的炸藥，躍至正門旁最厚實的牆壁旁，把炸藥統統黏在牆上，然後永洋克站在另一根支柱旁，唐橋義信則和端木皓守在內藏暗道的牆壁旁。

這計劃的關鍵是眾人一瞬間能爆發出的力量，吸收了法器之後，永洋克已開始激發體內潛力，就算是支撐校舍的主柱他仍有信心可以用拳頭擊碎，只要三方同一時間行動，身在地底的伊若蘭葵便來不及反應。

剩下來的，便是等待伊若蘭葵潛進地底秘道之中。操場裡靜得落針可聞，其他小妖已被兩大吸血鬼的氣勢嚇走，除了他們四人和馬丁之外便沒有其他人或妖靈。

短短數十秒漫長得令人窒息，四人連吸氣都不敢太用力，生怕絲毫異動都會令計劃敗露。

「噹……」

牆壁裡傳來一陣輕微的金屬碰撞聲，站在牆壁旁的端木皓和唐橋義信聽得清楚，伊若蘭葵揭開了秘道出入口，並縱身一躍進入了地底。

四人交換眼神，行動時機終於到來。

唐橋義信把符咒貼在牆壁上，端木皓頸上黃光顯現，光箭瞄準牆壁蓄勢待發。另一邊的永洋克深吸一口氣，聚精會神把所有力量集中在拳頭上，而薄野菱準備好炸藥後，也來到他身旁相助。

校園內靈量波動一瞬間提升至最高點，學校範圍內磁場被擾亂，下一秒百年校舍便將轟然倒塌，即使以吸血鬼之能，亦不可能毫髮無傷。

「居然破壞學校，真不乖。」

四人渾身劇震，一道身影飄然落在中間，漆黑色的緊身衣包裹著沒有多餘脂肪的曼妙身姿，伊若蘭葵笑意盈盈看著他們，似在取笑四人的不自量力。

永洋克完全想不通他們是在哪裡露出了破綻，但事實擺在眼前，伊若蘭葵看穿了他們的盤算，剛在秘道裡的聲響亦是故弄玄虛。

薄野菱首先反應過來，若然伊若蘭葵剛才的舉動都在演戲，這時被算計的便是他們四人。

「快走！」

隨著一聲低喝，薄野菱推了永洋克一把，同時搶先衝向伊若蘭葵。

「太遲了。」伊若蘭葵嫵媚一笑。

兩名吸血鬼短兵相接，四掌緊貼，強大氣流衝擊席捲四周。

在薄野菱示警之後，唐橋義信已立即拉住端木皓往外跑，永洋克此時剛被推出操場，上方便傳來壓迫力，令他下意識舉臂護頭。

「蓬！」

永洋克腿骨格格作響，雙臂如遭千斤輾壓，只是一擊就差點抵受不住。

滿臉猙獰的白夜哭施襲，另外兩名同族亦撲向了端木皓和唐橋義信。伊若蘭葵非但沒上當，還早就找來白夜哭三妖潛伏，形勢急轉直下，四人由獵人變成獵物，深夜校舍竟是死戰之地。

薄野菱心如鉛墜，片刻間的情緒反應影響了集中力，伊若蘭葵的力量如排山倒海傾瀉，教薄野菱支撐不住，整個人撞上了背後的牆壁。

牆壁被他撞至碎裂，連帶上方的天花板都吱吱作響，這時才對校舍造成破壞，已經再沒一點意義。

「唷，身體結實程度確實有六代水平。」伊若蘭葵說。

「停手⋯⋯萬王的法器已經不在了。」薄野菱掙扎從地上爬起。

伊若蘭葵閃身來到他面前，單手捏住了薄野菱纖細的頸項，把他提至雙腳離地。

「堂堂血族居然去幫助人類，丟人的小鬼。」伊若蘭葵寒著臉說。

然後她手臂一擲，薄野菱整個人撞進了學校大堂，玻璃櫃中的獎杯撒滿一地。

「法器入體這件事就算在妖靈界所知者都不多，何況是人類小鬼，是你告訴他的，對不對？」伊若蘭葵步步進逼說。

薄野菱心裡暗罵，永洋克那傢伙在伊若蘭葵面前亂講一通，反露出破綻而不自知，百年見識可不是說笑的，城府之深豈是常人能想像？

「現在法器氣息全無彷彿人間蒸發，肯定就是被你們其中一個融進體內了。」伊若蘭葵瞇起眼說。

「沒錯，就是我。」

薄野菱話音一落，看準伊若蘭葵神色錯愕的瞬間閃電般衝向她，後者冷笑一聲，尖銳指甲將空氣劃成鐮刃直劈向他。

身體一刀兩斷，不過伊若蘭葵擊中的只是殘影，薄野菱真身已繞到她背後。伊若蘭葵頭也不回，轉身便是一記肘擊。

「嘭！」

薄野菱再次被迫退，不過這次伊若蘭葵亦沒先前從容，兩人實力差距似乎稍為縮窄了。

兩人隔空對峙，另一邊的操場則熱鬧得很，永洋克被白夜哭連環進攻打得節節敗退，渾身肌肉筋骨如遭撕裂，若不是融合了法器，恐怕他早已承受不了上級妖靈的殺傷力。

端木皓的情況亦甚是狼狽，他的對手正是上次被他所傷的妖靈，這時那妖靈擺明是來復仇，每次攻擊都充滿殺意，加上周遭環境開揚沒有緩沖空間，令端木皓的遠程攻擊難以奏效。

四人之中只有唐橋義信最游刃有餘，他以符咒阻隔妖靈，使得妖靈難以欺近身邊，大大削減了敵方的威脅。當妖靈被電光纏繞難以移動時，唐橋義信拿起一張符紙，集中精神默唸口訣。

妖靈掙開束縛，怒嚎衝向唐橋義信。

「嘭！」

被擊退的反是妖靈，眼前黑影閃動，巨大的蛇靈擋在唐橋義信身前，雙目盯著妖靈吐信。

「……識神？」妖靈警惕道。

陰陽師能利用符紙玉器等媒介召喚與其有侍從關係的靈體，名曰「識神」，識神種類和強弱根據陰陽師能力和其家族繼承來決定，像唐橋家世代都是與蛇靈建立契約。

單靠識神的力量未必可與上級妖靈媲美，但若然陰陽師驅使得當，短時間的爆發力絕不容小瞧，因此這妖靈亦馬上小心起來，不敢胡亂主動進攻。

唐橋義信被蛇靈盤繞保護，身影消失眼前，妖靈躊躇不前，旁邊的端木皓不斷被迫退，並漸漸步近蛇靈。

「往後退一步。」

端木皓耳邊響起唐橋義信的提示，他毫不猶豫馬上依言而行，這時蛇靈鬆開軀體，露出了唐橋義信的身影，只見他蹲伏在地，同時地上畫出了陣法。

兩名妖靈這時才知上當，它們同時發難，但已來不及阻止結界形成。

一道半球體的屏障以唐橋義信為中心點向外擴散，並剛剛好把端木皓包覆在內，兩隻上級妖靈全力撞向結界，卻被反震力撞開。

「動手吧。」唐橋義信說。

端木皓點點頭，聚起聖璃石的靈量，一道光箭瞄準向後飛退的妖靈。

「霍！」

身在半空的妖靈無處借力，唯有舉起雙臂抵擋，但端木皓蓄勢待發的一箭威力驚人，連番實戰他的攻擊力亦進步神速，妖靈只感到黃芒刺眼，下一刻便被光箭擊中。

妖靈慘哼倒地，同伴見狀急怒於心，還想搶攻，卻見光箭已瞄準自己，唯有左右快速移動不讓端木皓能輕易發箭。

被白夜哭針對的永洋克正苦不堪言，他完全無法反擊，只能不斷抵擋白夜哭的攻勢，雙臂已完全麻痺，再捱下去久守必失。

白夜哭當然看穿了這一點，它亦留意到兩名同伴的狀況，陰陽師和聖璃使者的組合確實有點棘手，所以它打算速戰速決，盡快擺平永洋克去插手另一邊的戰鬥。

因為這個想法，令到白夜哭忽視了永洋克的變化，憑上級妖靈的攻擊力，普通人類早就被一擊秒殺，而即使是異人類，身體的防禦能力和自療能力都甚少會在戰鬥中途出現突變。

不過，永洋克表面上一直處於捱打狀態，身上筋骨不斷承受創傷，然而每當損耗到達一定程度，他的身體便會復原過來，只是戰鬥過程太急速，無論敵我雙方都沒察覺這變化，但亦使得他即使接連受傷，仍未不支倒地。

此時永洋克的體內，法器正因應外間威脅而不斷喚醒潛藏的萬王力量，並充當橋樑，將靈量用以強化永洋克的軀體，白夜哭的攻擊就似是最佳的催化劑，迫使永洋克快速異變，每過一秒，他便遠離人類多一步。

三名少年力戰上級妖靈而不敗，單是這戰況已足以撼動滅妖師界，而伊若蘭葵亦對此大感詫異，不過她面前的薄野菱同樣難纏，使得她也沒法抽身而去。

不知為何，隨著戰鬥時間愈長，薄野菱便變愈強，只是他情緒似乎有點不穩定，導致進攻方式有跡可尋。

伊若蘭葵曾與很多同族交過手，但對薄野菱的情況亦是大惑不解，吸血鬼的實力受先天條件所限，血脈愈是接近始祖的才可發揮更強力量，因此無論後天如何努力，仍是沒法突破血脈限制，提升至更高層次。

交手至今，伊若蘭葵已知道法器不在薄野菱體內，而聖璃使者本質與妖靈相沖，換言之她的目標便是陰陽師或那人類小鬼其中一位，她不想白夜哭等妖靈在她之前得到法器，所以決定使用全力盡快解決薄野菱。

「既為同族，我給你最後一次離開的機會。」伊若蘭葵冷然說。

薄野菱胸口起伏不定，表情似在忍受著痛苦，右手抓住心胸處喘息不已。

他雖然狀況不穩定，不過明顯沒有退卻的打算，伊若蘭葵眉毛一揚，駭人的靈量鼓動甚至連地面都能感受震盪，操場上的人和妖靈皆心頭一顫。

伊若蘭葵五指如鷹爪，瞄準薄野菱頭顱骨雷霆般出手，就在她指甲僅離薄野菱頭皮五公分時，手掌卻再難寸進。

「父親……對不起……」

操場上三人三妖正在纏鬥之中，永洋克苦苦支撐白夜哭的攻勢，而端木皓和唐橋義信則依仗結界防禦和遙距攻擊佔著上風，戰局仍未明朗之時，校園範圍突然再度爆發驚人的靈量波動，這次無論人類和妖靈都停下了動作，呆愕望向波動傳來的方向。

「轟！」

巨響震動耳鼓，未等任何人或妖靈反應過來，一道人影已閃到操場中央，並站在其中一隻妖靈身旁。

那正是和伊若蘭葵戰鬥的薄野菱，然而永洋克等人都生出異樣的感覺，因為眼前人渾身散發出陌生又危險的氣息。

妖靈被薄野菱的氣勢唬住，竟然作不出任何反應，薄野菱緩緩伸出手，看似隨意拍了妖靈胸口一下。

「蓬！」

整隻妖靈如炮彈般飛出了學校範圍，然後薄野菱一躍到了另一隻妖靈面前，這次妖靈決定先行發難，可是它爪剛舉起，小腹已多了一記清晰的掌印，高大身軀同樣震飛半空。

兩隻妖靈先後被薄野菱一擊秒殺，全場最矮小的身軀，蘊藏的力量卻強得讓人不寒而慄。

所有人目瞪口呆，原來這吸血鬼同學實力如此強橫，那他們三個還在打甚麼？

伊若蘭葵不知下場如何，但此時兩隻上級妖靈都已無力再戰，場中只剩白夜哭，它望著薄野菱，此時他身上散發的氣息讓白夜哭下意識打了個冷顫，渾身本能都在催促它轉身拔腿逃跑。

「你敢逃，我就把你腳砍了。」薄野菱毫無感情說。

這句話比甚麼都有説服力，白夜哭不敢亂動，卻又不敢繼續戰鬥，霎時間呆立當場不知怎辦。

「繼續吧，只要你打贏這小子，你就可以安全離開。」薄野菱說。

眾人一呆，連永洋克都不知該作何反應，薄野菱明明有能力秒殺所有敵人，不知為何卻隱藏到現在，還偏要白夜哭和他戰鬥。

「此……此話當真……？」白夜哭呆道。

「永洋克，靠自己活下去，我沒義務保護你。」薄野菱淡然說。

白夜哭這時知道自己被當成了永洋克的練習對象，不過這也是它存活下去的希望，因此它抖擻精神全力以赴面對永洋克。

薄野菱用心良苦，雖說永洋克吸收了力量後一直沒人教導過他如何使用，要求他舉一反三實屬嚴苛，然而萬王繼承者的身份終有一天會被其他妖靈知悉，若果他無法靠自己戰勝對手，便只能過著逃亡生活。

所以，眼前的白夜哭是永洋克最好的實戰對象，而被迫使用血族之力的薄野菱，決定打鐵趁熱，一次過催逼永洋克成長。

永洋克收拾起心情，操場上人與妖靈各為其因展開戰鬥，這一次雙方都清除所有雜念，雙眼只盯著面前的對手。

白夜哭的手臂比人類長得多，它右臂一轉，如鞭子般拍向永洋克，這時兩者相距三米以上，永洋克除了抵擋別無他法。

「嘭！」

永洋克應聲被迫退，不過比起初次相逢，防禦能力已非同日而喻。這時白夜哭亦察覺到永洋克進步之快，因此未待他站穩，白夜哭已撲了上去，雙爪同時攻向永洋克上下盤，欺他實戰經驗少反應追不上身體強化速度。

在旁觀察的薄野菱頻頻搖頭，大感永洋克暴殄天物，白白浪費掉法器和體內的力量。普通的上級妖靈在三柱面前只如螻蟻，因此繼承了萬王力量的永洋克，再不濟都未至於單方面捱打。

「感受靈量流動，戰鬥不是靠體力。」薄野菱忍不住提點。

永洋克正在苦苦抵擋白夜哭的攻勢，耳邊飄來薄野菱的話，但身體反應要時間很難說改就改，下意識還是靠肌肉力量避開白夜哭的爪擊。

不過，這時他再細想，才發覺自己此時的體質確實有點異常，至少比起剛開始時，白夜哭的攻擊已沒那麼重。證明就算他沒刻意為之，法器仍然能幫助他開啟體內潛藏力量。

白夜哭當然不會給他思考時間，妖靈的力量並非以體能驅使，因此可以持久戰鬥，就算永洋克身體再硬朗，不斷受傷也終有抵受不住的一刻。

薄野菱的話在永洋克腦袋迴盪，他抱著死馬當活馬醫的心情，嘗試不用肌肉力量作防禦。

「蓬！」

永洋克被擊中，整個人飛進校舍大堂，撞得沿途玻璃窗全部爆碎。

「白痴！不是叫你放鬆發呆！」薄野菱反白眼道。

在門窗和桌椅碎片之中，一臉茫然的永洋克狼狽地爬了出來，白夜哭見狀乘勝追擊，巨爪籠罩永洋克的臉門。

倉促之間，永洋克抄起地上的玻璃碎片，奮力插穿了白夜哭的手掌。

「吔呀!!」

一聲狂嚎，白夜哭撤掌退後，怒目瞪向突然使用暗器的永洋克。

「我就是聽不懂甚麼能量靈量！算了，我不管了！」永洋克惱道。

說罷他拾起一堆玻璃碎片，深吸一口氣，全部瞄準白夜哭扔了出去，漫天暗器如雨下，白夜哭驚覺，碎片的速度竟然堪比子彈。

對戰至今，白夜哭首次被永洋克迫退，它接連翻身躲開暗器，但四肢還是被劃傷，然後它一回頭，駭然發現永洋克已不見蹤影。

它望向操場上的薄野菱等人，那三人搖搖頭表示不關他們的事。

原來大堂天花板先前被轟出了一個坑洞，直通樓上的禮堂，想必是剛才薄野菱對付伊若蘭葵時造成的破壞，於是永洋克乘著白夜哭躲避暗器時縱身跳了上去。

待白夜哭反應過來時，永洋克已從坑洞躍下閃到它背後，並凝聚起全身力量。

「正能量拳!!」

永洋克怒喝一聲，拳頭不偏不倚擊中白夜哭腰側。

在他不知如何運用體內力量之時，煩躁的心情讓他索性忘卻所有想法，甚至不去思考任何攻擊方式，全憑直覺和滿腔打倒對手的衝動。陰差陽錯之下，永洋克成功激發出一部分的靈量，轟出了足以重創上級妖靈的一拳。

白夜哭雙眼反白，從大堂飛出操場之中，口鼻噴血重重墮地，只是一拳就讓它受到嚴重傷害，無論是它還是永洋克都有點不能相信。

「你們……你……到底……」

白夜哭終於知道自己踢中鐵板，別說薄野菱這座高山，甚至是永洋克的潛力都是這般深不可測，自己只不過是催谷他成長的養分。這上級妖靈萬念俱灰，戰意全失頹然跪倒在地，接受自己失敗的事實。

永洋克尚未能完全應用法器，情急之下只取一瓢飲已足夠擊退白夜哭，但未來的路還是很漫長，至少在薄野菱眼中，距離能獨當一面還是言之尚早。

「殺了我吧，但我那兩位同族卻懇求諸位放過。」白夜哭垂頭喪氣道。

「傻的嗎？我為甚麼要殺你？」永洋克呆道。

「因為……我想殺你……？」白夜哭愕然道。

「那你還會再來殺我嗎？」永洋克搔頭說。

「不，我已經沒有嘗試的資格了。」白夜哭低頭說。

「那你帶上你同伴走吧，以後不要再來生事，或隨便傷害人類了，呀，除非是混蛋。」

永洋克鄭重說。

白夜哭不敢亂動，它眼光轉向薄野菱，妖靈界向來弱肉強食，既然伊若蘭葵都被收拾了，它不覺得自己當真能僥倖活命。

「既然我老大都這樣說了，還不快滾。」薄野菱淡然說。

白夜哭好歹是小有名氣的上級妖靈，而妖靈向來不像人類般狡譎，它向薄野菱和永洋克躬身表謝不殺之恩，掠出校園範圍帶上兩名同族離去，從此以後當真沒再濫殺過任何人類。

待妖靈們都離開後，今夜的風波總算平息，永洋克等三人將目光轉向薄野菱，這時後者回復平常的氣息，額上流著冷汗，看來動真格令他消耗頗大。

「怎麼看你才是老大吧，原來你一人就能滅掉所有妖靈，早說我們回家睡覺不好嗎？」永洋克不無怨氣說。

「我會跟外面說你是我老大，以後有甚麼叫那些妖靈直接找你就行了。」薄野菱不以為然說。

「伊若蘭葵死了？」唐橋義信問道。

「我沒殺她，放心吧，我不會亂殺人，而且因為某些原因，如非必要我不想動用血族的力量。」薄野菱嘆口氣說。

「那希望女吸血鬼不會再回來吧。」端木皓淡淡地說。

「她不會再來挑戰我，因為血脈等級是絕對的。」薄野菱說完後句神色閃過一絲黯然。

事情告一段落，眾人望向又被破壞得滿目瘡痍的舊校舍，這百年建築屢遭摧殘，幾位學生心裡都有點過意不去，而永洋克這時才像想起甚麼般雙目圓瞪。

「糟！我們要快點離開，萬一警察來到我們便成嫌疑犯了。」永洋克警覺道。

「你沒發現那些警車早就回去了？」端木皓反問道。

「放心吧，我已經預先通知滅妖師公會，警察消防員都不會來。」唐橋義信解釋。

永洋克這才知道，原來同伴早已安排妥當，如是者，眾人安然離去，並各自回家好好休息一晚。

月色之下，伊若蘭葵掩著下垂的左臂在森林中穿梭，她栽了百年來最大的筋斗，奪法器不成反身受重創，且還是對方無心下殺手才僥倖逃脫。

這些年來她見過無數同族，卻從沒聽過有這一號人物。一旦使用真正力量，便在數招中將她殺敗，如此級別起碼是第四代血脈繼承者，但年齡卻僅是數十歲。

血族始祖早已隱世多年，逾百年沒再產生過新的血脈繼承者，那到底薄野菱是哪裡冒出來的？授予他血族身份的又是哪位大人物？

懷抱著驚懼和困惑，伊若蘭葵身影沒進黑夜之中，她此生都沒法忘懷，薄野菱解放力量後那充滿哀傷和殺意的眼神。

太陽東升，晚上的戰鬥正式落幕，而作為戰場的聖羅莎書院終被發現校舍慘況。百年校園再次損毀，校方報警後還得徹底封鎖禮堂、操場和一些校園設施。聞說校長異常震怒，認為是有人針對聖羅莎書院進行惡意破壞。這天端木皓如常準時到校，並配合校方安排局部封校，校長向全校簡單講述安排，當日學校半天便提早放學，兼且接下來兩天都是特殊休假。

唐橋義信和薄野菱同樣準時上學，只有永洋克睡過頭缺席，搞得有些同學還傳言永洋克和事件有關係云云，意外地貼近事實。

三人和平常看上去沒兩樣，至少其他同學都沒察覺他們有任何異常，薄野菱還興高采烈地和其他人談論事件，彷彿整件事與他沒有半點關係。

放學後三人在學校後山聚集，今天妖靈都不敢再到學校附近來，看來伊若蘭葵和白夜哭鎩羽而歸產生了連鎖反應，有自知之明的小妖們遠離山頭一帶，某些本想碰碰運氣的也決定放棄，學校終於回復平靜日常。

「其他滅妖師已經到了，有他們在，暫時都不會再有上級妖靈靠近。」唐橋義信說。

「外間傳言萬王法器已被奪走，想必其他上級妖靈猜不到，擁有法器的人竟然還在這所學校。」薄野菱說。

「那你是不是要回去京都了？」端木皓問唐橋義信。

「不，我打算待到交流期結束，暫時還是要兩位多多指教。」唐橋義信回答。

「我能有甚麼指教陰陽師？你們不來滅我已很好了。」薄野菱笑道。

「對了，永洋克那傢伙現在到底算是人還是妖？滅妖師會追捕他嗎？」端木皓問道。

「永洋克的情況太特殊，老實說我不太肯定，不過滅妖師之中也有異人，異人類和妖靈的分別還是很大的，暫時應該沒事吧。」唐橋義信說。

說。

「那小子嘛……有人知道他父母或者家族的事嗎？」薄野菱問道。

「他是自己一個住的，平常不會提起家人，學校登記也沒父母的資料。」端木皓搖頭說。

薄野菱看了端木皓一眼，這回答未免太順理成章和詳細了，看來端木皓早就查過永洋克的背景。

「我從來沒聽說過有人類能夠承受得住三柱級別的力量，連我都看不透他的底細，搞得我也很好奇他到底是甚麼。」薄野菱坦然說。

滅妖師雖說是人類和妖靈界之間的橋樑，但自古以來的紛爭早令雙方勢成水火，尤其滅妖師之中不乏思想極端的團體，所以永洋克命途是吉是凶，現階段還是難以預測。

經過連串風波，他們幾個變得熟絡，雖然薄野菱實力深不可測，但心智談吐還是高中生那樣，而且唐橋義信和端木皓都感受到他真心想保護校園和同學們，所以他們亦漸放下警惕。

三人沿路步行下山，經過大街觀察四周妖靈活動，薄野菱完全隱藏了吸血鬼氣息，即使在大街巡邏的滅妖師都沒對他產生懷疑。

街上頻頻有成年人恭敬地向唐橋義信點頭，唐橋義信簡單回禮，唐橋家作為陰陽師家族歷史悠久，因此在滅妖師之間地位亦聲望顯赫。

「看來，唐橋公子在家族裡身份很尊貴呢！」薄野菱取笑說。

唐橋義信罕有地臉泛尷尬，倒是端木皓不覺得有任何問題。

倏忽街道商店旁的橫巷傳來一陣喧鬧聲，一道熟悉的身影快速在他們面前跑過。

「咦，是你們！」

永洋克邊跑邊打招呼，然後隔了一會兒，他們看見滿頭大汗的訓導主任從後追趕。

想必是這小子曠課但又在街上閒逛，不知道學校放半天，結果被老師撞破。

和平得之不易，可惜的是，眼前的寧靜沒法一直維持，不久之後，人類和妖靈將再次掀起風波，而他們便是新一場風暴的中心。

端木皓與兩名同伴告別後獨自步向司機停車的位置，他今早叮囑司機待在僻靜的住宅區等候，離開大街之後，兩旁的建築全是民居，公園裡有小孩在盪鞦韆，安靜得可以聽見樹上的鳥鳴。

轉入另一條小巷後，端木皓停下了腳步，尾隨他的幾個人現出身影，且顯是沒想到已被端木皓察覺，其中兩人面罩才剛戴了一半。

「別戴了，快捉這小子！」

領頭的急忙衝前，端木皓表現得異常冷靜，甚至沒打算呼喚聖璃石出來。

端木家既為豪門，當然有針對匪徒的保安措施，只見端木皓身後跑出一人，手中伸縮棍打向匪徒頸項。

這位正是端木皓的司機，服侍端木家逾十載的他，真正職責是貼身保鑣，區區幾名歹徒根本沒被他放在眼內。

匪徒總數六人，其中兩名想乘著混亂搶先捉住端木皓，然而未等他倆欺近端木皓，後者轉身便是一記踢擊，還踩著匪徒胸口借力再踢倒另一人，整套動作一氣呵成，完全不似是初學乍練。

轉眼間全部匪徒都被擊倒，那司機收起伸縮棍站到端木皓身旁。

「對不起，是屬下失職。」司機低頭說。

「怎麼會呢，剛好我也想練習一下。」端木皓搖頭說。

「少爺的動作確實進步很多，看來是有實戰過。」司機說。

「哈，是你教導有方而已。」端木皓避重就輕說。

這司機從端木皓小時候便陪伴他成長，因此二人感情深厚，司機亦不避諱地傾囊相授，即使端木家子弟屢成攻擊目標，端木皓亦有足夠自保能力。

「我來報警吧。」司機拿出電話。

倏忽，司機警覺性地抬起頭，小巷盡頭走來一道身影，身高六呎的外籍年輕男子長髮隨風飄逸，腳步雖緩慢卻不減威壓，彷彿每向前邁一步氣壓便重多幾分。

司機皺起眉頭，憑他多年經驗，來者絕不尋常，至少肯定不是和地上那幾個雜牌軍一伙。

然而司機並未留意端木皓此時臉上表情變化，端木皓在來者身上感受到聖璃石的共鳴，靈量相觸彷彿是直接震動著他的靈魂。

那外籍男子步近，胸口上浮現一顆圓珠型赤色璃石，就像是呼應同伴的召喚，端木皓頸上的聖璃石亦自動顯現。

「果然就是你。」

赤色聖璃石閃現紅光，然後光芒在男子手中凝聚，慢慢匯集成實體。

長度近兩米的闊頭槍甫出現，四周氣溫便馬上灼熱起來，然後那男子以槍頭敲地，無形的衝擊波把司機震飛，然後紅光形成障壁將他和端木皓包圍在內，整條小巷都變成了與外界隔絕的密封空間。

「盜取聖物和殺害教團使者，我今天就來清算你的罪行。」

「不對，你誤會了……」端木皓愕然說。

那男子根本沒打算聽端木皓解釋，話音一落火光已從槍頭噴射而出，龐大壓力之下端木皓唯有喚出護盾，左手的圓盾牌勉強將火炎擋開，但單是熱力已讓端木皓極其難受，皮膚上的水分像被全部蒸發。

端木皓連忙從右臂發射光箭，一發射向那男子，另一發則射向紅光形成的屏障。

這舉動不知為何卻令那男子勃然大怒，他身上迫發出更強的熱能，整個空間溫度瞬間上升到攝氏四十多度。

光箭的靈量明顯遠不及赤色聖璃，那男子舉槍衝前，炙熱火焰正面捲向端木皓。

「你不配盜用加略先生的力量！」

一片火海，那是端木皓最後看見的畫面，未幾赤色障壁褪去，長髮男子肩上扛著失去意識的端木皓，司機見狀不顧一切衝向他，然而男子以闊頭槍猛力撞地，整個人便躍到了高空，隨即更消失不見。

「少爺……！」

四周回復寧靜，小巷裡的事猶如從未發生過一樣。

放學時意外得到三界之力 就順便保衛校園吧

作者　三聯幫牟中三
插圖　力奇
編輯　小尾
策劃　余兒
設計　siuhung
出版　創造館有限公司
　　　荃灣美環街 1-6 號時貿中心 6 樓 4 室
電話　3158 0918
發行　泛華發行代理有限公司
　　　香港新界將軍澳工業邨駿昌街七號二樓
印刷　雅聯印刷有限公司
出版日期　2023 年 4 月
ISBN　978-988-76569-5-1
定價　$78
聯絡人　creationcabinhk@gmail.com

本故事之所有內容及人物純屬虛構，
如有雷同，實屬巧合。

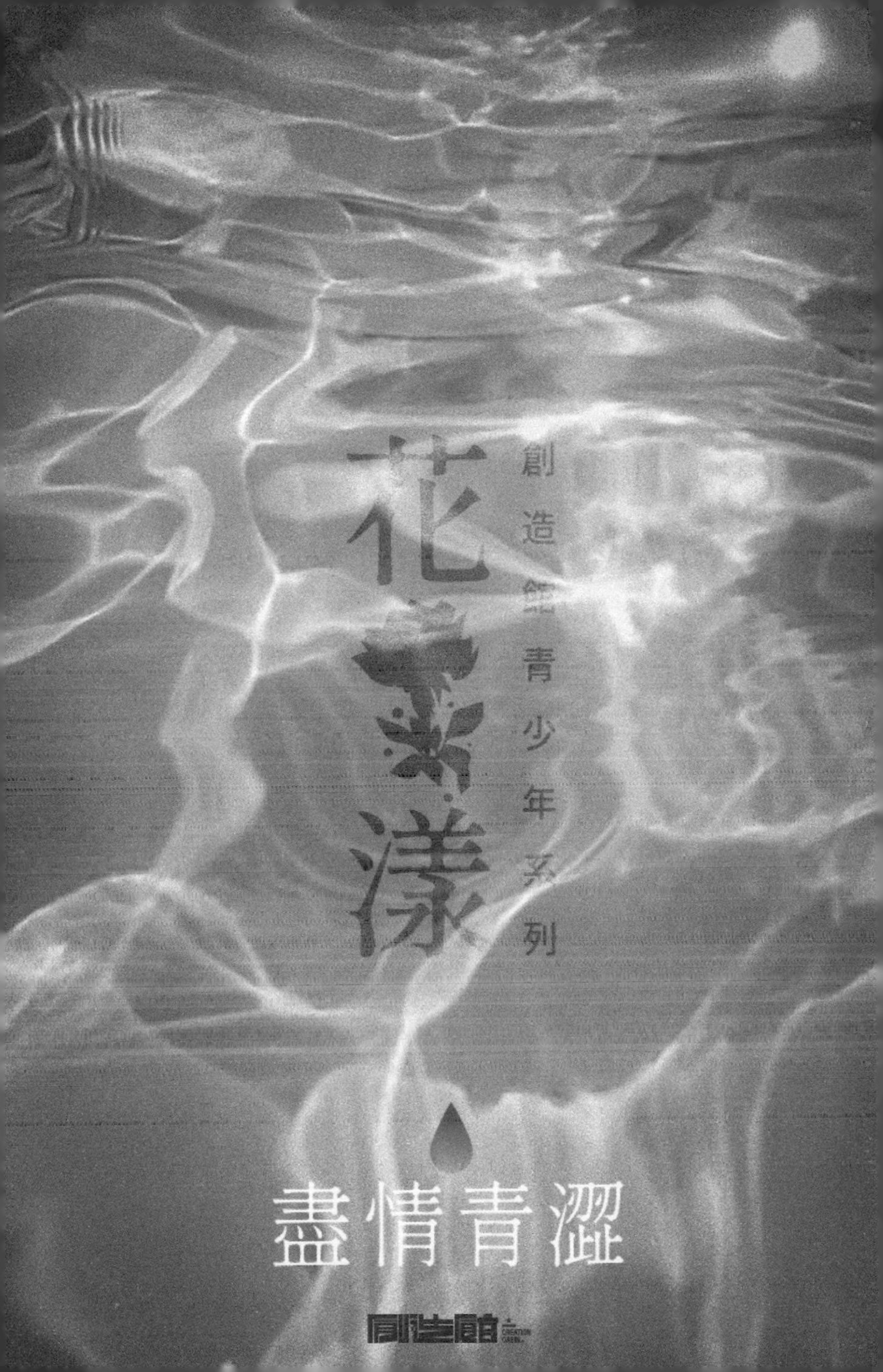
花漾
創造館青少年系列
盡情青澀
創造館

KEEP CREATING

創造十年

CREATION CABIN LIMITED

10TH ANNIVERSARY